COLLECTION FOLIO

Albane Linÿer

J'ai des idées pour détruire ton ego

Gallimard

Albane Linÿer est née à Paris et a grandi en Russie. Scénariste et autrice, elle a créé Bibliothèqueer, la première bibliothèque LGBTQIA+ itinérante de France. Elle a publié deux romans, *J'ai des idées pour détruire ton ego* et *Et après les gens meurent.*

À mes ex.

« It must be humbling to suck
on so many different levels[1]. »

1. Phrase extraite d'un épisode de la série *The Big Bang Theory*, écrit par Bill Prady et Stephen Engel.

LÉONIE

LUNDI – 20 H 30, J – 14

Eulalie, sept ans, brandit une paire de ciseaux plus longs que sa main. Les doigts bruns se perdent dans des poignées trop grandes, outil trop lourd. Les lames claquent près de sa joue. La baby-sitter, en proie à une violente gueule de bois, regarde ailleurs.

Léonie n'aime pas les enfants. Rien à leur dire, aucune volonté de les séduire. Passive invétérée, l'idée de devoir imposer son autorité la rebute. Elle a accepté le boulot parce qu'on lui a promis que ça serait simple. On ne lui a pas menti ; Eulalie obéit sans poser de questions. Il est facile de la nourrir, de la laver, de la maintenir d'humeur supportable. En ce qui concerne la sécurité de l'enfant, Léonie applique les mêmes règles qu'à la sienne : advienne que pourra. Pour l'heure, Léonie s'interroge : tondre ses dix centimètres de châtain terne ou s'éclater le cartilage pour la cinquième fois ? Alors qu'elle renverse ses yeux gris dans le vide, l'enfant repose son arme. Il s'en est fallu de peu.

C'est un rituel répété tous les jours de la semaine : la mère d'Eulalie quitte l'appartement le soir à dix-huit heures ; sa fille s'en fout. Léonie débarque avec quelques minutes de retard, et l'enfant ne manifeste pas plus d'émotion. Elle dit bonjour sans interrompre ses jeux. Eulalie peut s'occuper seule toute la journée, on ne l'entend pas. Elle ne s'inquiète ni des retards ni des absences, ses préoccupations sont ailleurs. Aujourd'hui, ce qui l'intéresse, c'est l'histoire d'amour de sa poupée et d'un type découpé dans un magazine. Ça, ça l'excite. La voilà qui fronce les sourcils, dégage une mèche de son front moite, grimace, marmonne des dialogues improbables.

Eulalie s'affaire sur le parquet, partie intégrante du désordre. Trop près d'elle, un canapé à la retraite mange l'espace. En face, la télévision. Elle est bloquée sur une chaîne – la 3 – depuis que la télécommande a disparu. Cet appartement met Léonie mal à l'aise. Elle qui pensait que dans la vie, la situation matérielle allait en s'améliorant. Force est de constater que de son côté non plus, ça n'a pas été le cas. Là où ça lui fait un peu de peine, c'est qu'Eulalie va avoir du mal à réunir les coupables, le père n'est pas resté longtemps. Ce que ça peut faire comme dégâts, la libido. Léonie ne porte pas de jugement ; elle aussi, c'est ce qui a précipité sa chute.

Eulalie n'élève pas la voix quand elle annonce à Barbie que Ken est en réalité marié à la pub rouge à lèvres page 4. Du coup il ne peut pas être avec elle, d'autant qu'il est aussi amoureux de la coloration Garnier page 27, et des vernis à ongle page 6. Sereine, l'enfant.

Léonie ne demande pas à participer au drame, enfoncée dans les coussins du canapé. Il paraît qu'il est impossible de ne penser à rien, elle y arrive pourtant très bien. Ambition ras des pâquerettes, Léonie se dit ce jour-là qu'exister, c'est bien suffisant. Boutique fermée pour inventaire de ce qu'il reste de ses organes. Seul le ventre est encore en activité, mâcher pour s'occuper, concept universel. Léonie propose d'aller chercher une mousse au chocolat ; histoire de s'en prendre une au passage. L'enfant ne se donne pas la peine de répondre : en proie à une belle crise de nerfs, Barbie se frappe la tête contre l'homme de papier. Elle n'a pas dû entendre parler du polyamour. Le cou du malheureux se déchire sous les assauts. Si ça continue, Barbie va faire la une des faits divers.

Le ventre gronde. Léonie se lève, soumise à son deuxième cerveau ; il lui insuffle des idées plus ingénieuses que celui qui pédale entre ses tempes. Le trajet est court, la cuisine et le salon formant un bordel commun. Le coin cuisine est peu équipé, un micro-ondes, une bouilloire. En lieu et place de *Top Chef* c'est plutôt *Koh-Lanta.* Le réfrigérateur est vide, à l'exception d'un pot de beurre de cacahuète ouvert. Pas de chance, Léonie déteste ça.

Elle retourne s'asseoir, léthargique. Cet état lui plaît : la gueule de bois la ramène à des instincts primaires, la bouffe et la baise. De l'estomac à l'entrejambe, ça vibre d'espoir, mais ce n'est pas le moment. Eulalie ne marmonne plus. L'homme de papier gît dans la poussière, petit tas coloré. La poupée s'allonge à ses côtés. Fin de l'histoire, c'est l'heure d'aller se coucher.

Il est un peu tôt, mais Léonie est claquée et Eulalie obtempère. Découper ses jouets dans le journal ne lui donne pas le droit de la ramener.

Ça a été facile de la mettre au lit. Elle ne proteste pas et ça tombe bien, Léonie n'est pas une fille patiente. Plutôt du genre à se casser quand les choses se compliquent, et à bien se planquer. Maintenant que l'enfant dort, Léonie se verrait bien au pays des rêves, elle aussi. Après une journée entière à lutter contre le sommeil, voilà que son corps décalé a besoin d'action. À la bonne heure.

Léonie ne supporte pas de regarder la télévision quand elle garde des enfants ; c'est déjà bien assez d'heures passées à observer quelqu'un raconter n'importe quoi avec conviction. De toutes les façons, les murs sont tellement fins que ça pourrait déranger les voisins. Ce dont elle se moque un peu, mais il ne faudrait pas que la mère d'Eulalie ait des ennuis à cause d'elle. Elles se connaissent peu et Léonie aimerait garder un peu de crédibilité aux yeux de la seule adulte qu'elle n'ait pas encore eu le temps de décevoir.

Histoire d'enrayer un début de crise d'angoisse, elle s'allonge sur le canapé et envoie valser son jean. En pleine redescente, il va lui falloir un pic d'hormones exceptionnel pour rendre quelques secondes supportables. Pense vaguement qu'elle pourrait au moins changer de pièce, bien que le choix soit limité. Une fois, la petite l'a trouvée comme ça, la main dans la culotte. Léonie ne s'était pas cachée, elle l'avait renvoyée se coucher. Eulalie n'avait rien dit. C'est le genre de détails qui en fait une enfant agréable.

Cinq minutes sont passées sans que personne ne vienne l'observer. Un peu long, fatigue oblige. Elle joue le jeu, ne fait pas de bruit. Pour compenser elle s'amuse, articule des mots qui feraient fondre les murs s'ils pouvaient les comprendre. Et quand les images s'imposent, elle n'en a plus besoin. Le jeu est de courte durée, à peine le paradis arrivé sur Terre, le corps enfin quitté, les images bien choisies s'évanouissent. Le calme revient en une fraction de seconde, c'est scandaleux quand on pense à la durée des effets secondaires d'une cuite. Peu désireuse de rejoindre le commun des mortels, Léonie retourne au combat. Il lui faudra plus de temps et l'orgasme en vaudra la peine. L'image d'Angela s'impose de nouveau.

Le fantasme est resté le même depuis des années ; manque d'imagination et efficacité faisant loi. Lumière chaude, aucune envie de délirer dans le froid, même pour de faux. Au milieu de la pièce, Angela – dessinée à la va-vite, lignes du corps et cheveux blonds – est prête. Bouge pas beauté, j'ai des idées pour détruire ton ego. Une paire de claques du plat de la main. Léonie n'est pas dans l'angle de la caméra, il n'y a que le dos cambré devant elle. Le corps se défend en vain, elle l'écrase contre le sol. Tu ne peux pas t'échapper de ma tête, mais essaye quand même, ça m'excite. Cuisses, écartées d'un coup de genou, cèdent. La sodomie qui tache, mieux qu'un homme. T'as pas ton mot à dire, *I'm the boss.* Parfois le plaisir de l'autre s'incruste, un peu par erreur, ça ne gâche ni n'arrange rien. Pourquoi faire du bien, quand le mal a si peu de conséquences. Contraindre dans sa tête, à l'abri des regards. Les conventions, le respect, la dignité ne font plus le poids face à l'urgence de jouir. Il n'y a rien à regretter, rien qui fasse honte, qui laisse un bleu, qui se souvienne et qui reproche. Seuls les murs entendent les injures ; le plaisir de communiquer avec soi-même.

Au moment de s'endormir, Léonie pense que dans deux semaines, ça fera dix ans qu'elle n'a pas vu Angela. Elle attend cet anniversaire avec impatience.

CASSANDRE

MARDI – 9 HEURES, J – 13

La chambre est blanche, le lit fait au carré, la fenêtre grande ouverte sur le VIe arrondissement de Paris. Cassandre est installée dans un fauteuil de bureau des années 1980. Une personnalité facétieuse s'amuserait à le faire tourner jusqu'à la nausée. Pas elle. Inconsciente de ces possibilités de jeux infinies, elle n'a d'yeux que pour son ordinateur. Droite, bien ancrée dans son environnement, Cassandre parcourt l'espace de tous les mots possibles, corrige peu, appuie très fort. Ses cheveux bruns, ni lisses ni ondulés, tombent ininterrompus jusqu'au milieu du dos. On ne les imagine pas dévier de leur route, et ceux qui échappent à l'ordre ajoutent à l'équilibre. Les traits appuyés du milieu de la trentaine, alors qu'elle n'a pas vingt-sept ans. Contrairement à celles de ses potes, les marques sur son visage résultent plus d'heures passées à étudier, sourcils froncés, que de nuits à se proder en boîte. Si elle sortait plus souvent de chez elle, on dirait à Cassandre qu'elle est belle ; alors elle reste dans son appartement où on lui dit qu'elle est intéressante.

« Pipe » « Salope » « Pénétration » « …

Elle bloque. Sourcils froncés, Cassandre remet la vidéo depuis le début. Un type, l'air passablement abruti, franchit la porte du bureau. Il surjoue le retard, un grand classique. Avance rapide. La fille l'a déjà au fond de la gorge. « Pipe », déjà mis. Cassandre pourrait ajouter « *Deep throat* ». Elle avance encore… jackpot ! Le couple vient d'être rejoint, sans transition aucune, par un autre énergumène. Cassandre soupire, le porno amateur fait beaucoup de mal aux concepts de scénario et de cohérence. Quoi qu'il en soit, elle a ce qu'elle cherchait. Experte, elle tape « Trio », touche entrée ; une nouvelle vidéo s'affiche sur son écran. Elle y retourne, pas le temps de respirer, il faut que l'activité reste rentable. Au même moment, son portable s'excite à sa droite, excuse inespérée pour faire une pause.

Cassandre a commencé à rédiger des titres et des catégories pour des vidéos porno amateurs en pensant qu'elle allait rire. Sans que cette impression se soit révélée entièrement fausse, le manque de talent généralisé de cette industrie commence à la déprimer. L'envie constante de s'arrêter pour exploiter les images emmagasinées avait fait place à un vague dégoût mêlé à une dalle réflexe. Si elle n'est pas devenue plus créative dans ses pratiques, son corps est maintenant toujours prêt.

Son portable vibre encore, le numéro n'appartient à aucun contact enregistré, ça ne l'étonne pas. Elle donne son numéro tellement de fois par jour qu'il est rare qu'elle sache de qui il s'agit avant de décrocher. Cassandre s'éclaircit la gorge, prête à savourer son premier contact humain de la journée.

— Oui ? Oui, oui. Et toi ? Tu m'appelles pour me dire ça ?

— …

— … Mais arrête. Tu plaisantes ?! Si c'est faux, c'est la dernière fois qu'on se parle. […] Mais non. T'es la meilleure, merci mille fois. Mardi soir ? Compliqué. Je t'embrasse.

D'un geste, elle essuie la trace de fond de teint sur l'écran contre son jean. Le sourire de Cassandre dévoile ses canines, qu'elle a fort blanches d'ailleurs. Pendant quelques secondes, elle fixe un rayon de soleil sur la table. Pas tout à fait franche, la lumière : des nuances de jaune et de bleu. L'information est bonne, exploitable en l'état. Fermant son ordinateur d'un geste machinal, elle attrape un carnet à sa droite et y jette quelques notes. Une fois satisfaite, elle pose la pointe de son pied gauche sur la moquette, prend appui, et fait effectuer au fauteuil un tour complet. Puis un autre.

LORE

MARDI – 11 HEURES, J – 13

Si les journées de Léonie s'achèvent par Eulalie, elles commencent avec Lore. Dès onze heures l'enfant de vingt-deux ans attend Léonie devant le fast-food, uniforme sous le bras. Léonie ne se presse pas, la première cigarette de la journée coincée entre ses lèvres. Lore lui sourit de loin, un élan de tendresse à sens unique traverse la place. Que Léonie le lui rende ou non importe peu : Lore n'est pas susceptible. Elle manque d'ailleurs de toutes sortes de qualificatifs, elle n'est ni drôle, ni intéressante, ni ambitieuse.

Mal réveillée, parfois saoule, Léonie se laisse guider par son chignon blond, à défaut de savoir où elle va.

Léonie aimerait la mépriser, mais Lore a sur elle un avantage flagrant : elle est belle. Une beauté classique, naïve ; l'indécence d'une proie qui refuse de courir.

Il a fallu plusieurs semaines à Léonie pour s'en rendre compte. C'est arrivé un soir de grande faim ; ces soirs que l'on passe à essuyer des refus avant d'envisager ce que l'on a à portée de main. Il semblait ce soir-là que toutes les filles de Paris étaient prises, portées disparues ou, pire, fidèles. Toutes, sauf Lore. Lore qui faisait la fermeture, et dont le corps prit soudain une forme humaine sous son tablier. Léonie l'avait chopée à minuit pile, contre la porte vitrée ; dégoûtée par sa propre misère sexuelle. À la liste des qualités dont Lore est dépourvue vint s'ajouter la pudeur.

La récurrence quotidienne de leurs rencontres avait rendu la fuite peu aisée. Première difficulté technique, doublée d'une autre tout aussi délicate : Lore baise bien. Au risque de créer un attachement inutile, elles ont recommencé le lendemain. Et le surlendemain. Et le jour d'après. Lore est un peu sentimentale, peut-être, mais efficace. Léonie la quitte épuisée et repue.

Les mains de Lore la fascinent. Doigts fins, peau pâle, veines pastel, aucune bague ne vient en casser la ligne. Une belle tension dans le poignet, la phalange fragile. Il y a quelque chose de transcendant dans ces mains, quelque chose de plus respectable que Lore elle-même. La seule démonstration d'affection que Léonie s'autorise est de les tenir au creux des siennes avant de s'endormir.

Lore est d'autant plus facile qu'elle n'agit pas sans intérêt. Une semaine après leurs premiers ébats, elle se lançait dans l'aveu de sentiments longtemps contenus, sincères mais déplacés. Pour Léonie, dont le portable affichait encore « fille blonde McDo », ce fut un choc.

Afin d'éviter un malentendu qui l'aurait replongée dans un abîme sans fin de rencontres virtuelles, Léonie avait décidé de protéger le cœur de Lore en lui ouvrant le sien. Elle lui avait expliqué, tout en se déshabillant, qu'aussi noble que soit cet amour, il devait cesser à l'instant. Reconnaissant des qualités – sinon innombrables du moins réelles – à Lore, elle s'en voudrait d'en priver le reste du monde pour son usage personnel, considérait que les expériences forment la jeunesse et qu'enfin il serait regrettable de changer les termes d'un contrat qui leur convenait si bien jusque-là. Pour toute réponse, Lore lui avait demandé le lubrifiant. Peu convaincante, parce que peu convaincue, Léonie n'était pas parvenue à lui faire entendre raison. Ce soir-là, elle avait abdiqué. Lore demeure persuadée qu'elle a trouvé la femme de sa vie. À quoi bon la détromper ?

La compagnie de Lore apporte à Léonie des orgasmes d'anthologie et une oreille attentive. Cette dernière qualité est assez rare chez celles qui possèdent la première pour être appréciée. Il arrive à Léonie de parler longtemps, sans rien dire, pour le seul plaisir de se savoir écoutée ; plaire sans réciprocité la réconforte. Léonie n'a pas d'amies, pas beaucoup, pas très proches. Elle a besoin de raconter des histoires à Lore, de les sauvegarder sur une mémoire externe.

LÉONIE

MARDI – 17 H 03, J – 13

Dix-sept heures, soleil. À la fin du printemps, Châtelet est pris d'assaut. Des hommes, des femmes, des autres. Une flopée d'adolescents en survêtements brillants en quête de potes. Des potes de classe, des plans Tinder, Grindr, des inconnues, des solitaires. Léonie reconnaît une ex au bras d'un mec. Gâchis. Deux lycéennes déjà titubantes à la recherche d'une paire de Nike. Un couple se retrouve après une dispute, la fille est trop maquillée. Ils surgissent des coins de rue et créent la masse. Des groupes se forment autour de la fontaine, une autre catégorie d'actifs.

Elles fument ensemble contre un mur. Léonie, pensive en apparence, tire sur sa quatrième cigarette. Lore fait et défait sa natte blonde. La fin de leur service leur ayant rendu une liberté encombrante, elles sont incapables de trouver une raison de partir.

— Encore ?

Léonie hausse les épaules, tire une cigarette du paquet. Oui, encore. Lore lui tend son briquet

Bic. De nouveau silencieuses, elles observent les clients entrer.

— Boulot de merde, lâche Léonie.

Ce qu'elle lâche tous les jours, contrairement au boulot en question. Les motivations qui poussent Léonie à se rendre cinq fois par semaine à Châtelet, qui n'est ni loin ni près de chez elle, demeurent floues. D'autant qu'elle n'est pas un élément très efficace, mais les aspirants managers mis à part, peu le sont.

Lore rit, la fumée s'échappe d'entre ses lèvres. Elle fume rapidement, par petites taffes, comme si le filtre allait la brûler. Léonie, au contraire, prend son temps ; il arrive qu'elle ne tire que deux ou trois fois sur une cigarette avant que celle-ci se consume. Alors elle en reprend une, à laquelle elle n'accorde pas plus d'importance.

— Tu penses mériter mieux ?

Lâchant du regard l'ex qui la dévisage, Léonie répond que non. Qu'avoir préféré la bière et les potes aux études supérieures, ça ne donne pas droit à mieux. Après une courte pause, elle ajoute que c'est mieux comme ça. Quand Lore lui demande en quoi, elle n'a rien à répondre. Lamentable.

— Au moins, serveuse au McDo, ça ne donne pas matière à épiloguer.

— T'as l'air de bien le vivre.

— Je suis pas un cheval. J'ai pas besoin de carrière pour aller bien.

Lore ne rit pas. Elle n'a pas dû comprendre le jeu de mots. Sérieuse, elle reprend.

— Tu penses pas que tu pourrais faire mieux ?

— Faire mieux que quoi ?

Léonie rallume une cigarette avec le mégot de la première, le regard perdu dans les boucles d'une rousse. Pas plus excitée que ça par la conversation, elle n'aime pas parler d'elle. Lore hausse les épaules.

— Je sais pas. Tu me parles que quand t'as faim, t'as plus de potes parce que tu les as toutes baisées, t'appelles ta mère que pour lui demander de l'argent, t'arrives jamais à l'heure, tu laisses jamais de pourboire, tu parles mal aux gens…

— Ça va, oui ?

Lore s'arrête net, mais Léonie n'est pas vexée ; elle est même plutôt fière de ce bilan. Elle n'a aucune règle, aucune gêne : libre comme l'air entre ses tempes. Adolescente attardée, plus on l'engueule, plus elle se sent cool.

Toute son enfance, on avait inculqué à Léonie un savoir-être. Famille d'aristos oblige, on attendait d'elle que ça file droit. Ses parents avaient choisi son école, ses vêtements, ses repas, ses amis. Une existence propre et organisée, aucun choix à faire. Elle ne se plaignait pas, on démêlait ses cheveux, la complimentait, et l'approvisionnement en sucre ne tarissait pas. Imperturbable, elle observait les autres et se félicitait d'être comme eux, en mieux.

À l'adolescence, pas plus qu'une autre elle n'avait ressenti le besoin de confier à ses parents les fantasmes torrides qui défilaient dans sa tête.

Professeures, docteures, caissières, amies de la famille, femmes mariées, inconnues dans la rue et à l'écran, tant qu'elles n'entraient dans l'appartement familial qu'en rêve, la vie suivait son cours. En parallèle, la tenue de combat s'affinait : elle portait des perfectos chers et expliquait au paternel que c'était la mode, imposait quelques piercings dans l'année arrachés à coup de bonnes notes. Débauche bien contenue.

Puis Angela était arrivée, et les problèmes avec elle. Une bouffée d'air, vicié, mais neuf. Plus question d'être comme les autres, il fallait se surpasser – dans la connerie, en priorité. Papa, maman, désolée, vous pensiez que ça allait passer mais ça ne fait que commencer. Même des œillères bicentenaires ne peuvent ignorer certains comportements ; il avait fallu se quitter d'un commun accord. À partir de là, Léonie s'était dit que foutu pour foutu, autant en profiter. Elle allait vivre la grande vie, se moquer de tout, exister avec style. Tant pis pour la famille, elle s'en créerait une autre, peut-être. Une fois de plus on avait choisi pour elle, mais l'illusion de liberté était parfaite.

Une fois seule, Léonie a découvert que le style se paye et que l'odeur de friture est tenace. Elle se dit qu'il est trop tard pour changer.

Lore est déjà repartie sur la construction de sa tresse. Léonie aimerait qu'elle arrête, ça l'exaspère qu'on passe autant de temps à se tripoter les cheveux. L'élastique entend sa prière, il échappe aux doigts sacrés de Lore et va se noyer dans une flaque – un cheveu emmêlé prend le soleil. Dommage, Léonie ne regarde déjà plus ; son portable vibre dans la poche arrière de son jean. Elle le sort, plus pour faire durer le silence que par curiosité. C'est un message de Cassandre : « Tu ne devineras jamais qui est de retour. »

Rien d'autre. Une carte géographique de ses ex s'étale mollement dans sa tête ; elle barre les prénoms un à un. Il reste bien quelques zones d'ombre, des franges ayant échappé à son suivi irrégulier, mais c'est qu'elles n'en valaient pas la peine. L'improbabilité des configurations la laisse perplexe. Non, elle ne devinera jamais. Alors que Léonie tente – péniblement – d'évaluer la gravité de la situation, Lore réalise qu'elle perd le peu d'attention qui lui est dû.

— Léonie ?

Silence, la susnommée grimace encore devant l'écran. Palpitations paniquées de la blonde. À l'instar de l'élastique, elle se jette à l'eau.

— T'as déjà été amoureuse ?

Trop tard pour ravaler la question. Elle pensait lui demander la marque de ses baskets, ou sa base de pizza préférée, mais le cerveau humain est surprenant.

Léonie range l'appareil à l'abri du regard indiscret. Elle se demande vaguement si on ne dit pas plutôt « T'es déjà tombée amoureuse ? », mais c'est réussi : la question fait diversion. Elle observe Lore, jugeant de sa capacité à comprendre. Les yeux bruns attendent la réponse, fixes dans leur inquiétude.

Avisant son paquet vide, Léonie demande une cigarette. Elle se cale contre le mur pour l'allumer. Première bouffée, Léonie prend son temps. Ses envies de théâtralité plongent le public dans une agonie discrète. Elle n'a pas raconté cette histoire à Lore. Par peur du jugement, elle a trop peu de bons souvenirs pour se permettre de perdre celui-ci. Par flemme, aussi. Souvent, elle oublie. Elle oublie, se trompe dans les années, enjolive les choses. Difficile de replonger dans ce bordel. Autant commencer par le début.

— Oui.

Alors que ses entrailles entrent en combustion, Lore hausse un sourcil. Gymnastique fascinante, dont elle n'use pas assez au goût de Léonie. En temps normal, ça lui suffirait pour la ramener au studio. Aujourd'hui, Léonie a la tête ailleurs.

— Elle s'appelle Angela.

Double attaque du prénom et du présent. Plus Lore respire mal, plus Léonie est sereine. Refiler le stress rapidement, l'air de rien.

— Angela ?

— J'ai été amoureuse une fois, et c'était d'elle. Dès que je l'ai vue… Ça a pris le temps que ça a pris, mais je l'ai eue.

Brode un peu sur l'élégance, la confusion des sentiments, puis Léonie se rend compte que c'est nul. Aucune gêne pour parler de cul, de connes, de ce qui laisse intacte, mais Angela, en dehors des mots réservés aux murs, c'est le vide. Sans contexte, comment décrire Angela ? Parler d'une Angela rétrospective, habillée, si différente de ce qu'elle est pour Léonie. Dire « elle est comme ci », au lieu de « elle me fait ça ». Léonie voudrait trouver des formules claires et évidentes, que Lore se mette à pleurer devant tant d'amour, mais ça se brise dans sa tête.

Une pause. Lore fixe le sol, digérant l'information. Pas besoin d'un long discours : pour elle, c'est déjà trop.

— Et donc ?

La voix vacille, c'en est gênant.

Léonie jette sa cigarette sans y avoir touché. Elle réalise que ce n'est pas un sujet à aborder avec Lore. Change son fusil d'épaule comme elle peut.

— C'était dans le Sud.

— Tu vivais dans le Sud ?

— Un peu, quand j'étais jeune.

— T'as quoi, vingt-cinq ?

— Vingt-sept.

— Ça reste jeune.

— On s'en fout.

Lore la dévisage, un peu peinée. Léonie se dit qu'elle doit être Poisson. Reprend l'histoire, maintenant qu'elle est lancée.

— J'ai déménagé chez Angela assez vite. Pendant quelque temps ça allait mal, on rompait beaucoup. Elle retournait se réfugier chez son ex pour se remettre de nos émotions. Un jour elle l'a envoyée bouler, lui a dit que c'était fini, que c'était moi.

Une affaire rondement menée.

— Mais vous avez rompu ?

Le regard de Léonie se perd dans le vide.

— Oui.

Lore cache mal son soulagement. Aux grandes jalouses les petites victoires.

— On était trop jeunes.

— Intense.

— Ta gueule.

Léonie lance son paquet vide, manque la poubelle. Il est temps de partir. Heureusement qu'elle doit aller chercher la petite, parce qu'elle ne saurait pas quoi ajouter. Une fois hors de portée, elle rattrape son écran. Rouvre le message.

« Tu ne devineras jamais qui est de retour. »

Le poids tombé dans son ventre remonte jusqu'à sa gorge.

LORE

MARDI – 18 HEURES, J – 13

La nausée insistante et les deux étages à monter vont avoir raison d'elle. Arrivée sur le palier, il lui faut un temps pour dissiper le vertige. Lore enfonce la clé, tourne, ouvre la porte, oublie la clé, rouvre, récupère la clé. Ordonne à son corps de tomber sur le canapé ; mais incapable de se laisser aller, elle finit par s'y asseoir, raide. Tout le poids du monde est réparti entre ses épaules et sa cage thoracique. Les émotions sont rares et mal accueillies par son corps débutant. Elle s'efforce de contenir l'angoisse, et certains aliments dont elle est sûre qu'ils seront douloureux à libérer.

Lore vit dans un studio à quelques mètres du fast-food. C'est écrit sur un contrat, c'est chez elle. L'espace est composé d'une pièce principale, dont la baie vitrée donne sur une cour, d'une salle de bains microscopique et d'une mezzanine. Deux plaques et un four font office de cuisine, c'est bien assez pour ses objectifs. Les murs sont restés nus, à l'exception d'un dessin au feutre, arraché à un carnet. Une main striée de noir, qui dépose un serpent sur ce qui lui a toujours semblé être un champ[1]. Unique vestige abandonné par l'occupante précédente, elle n'a pas pris la peine de s'en débarrasser. Son environnement importe peu à Lore, ce qui peut expliquer son choix de carrière. Pourtant, il y a de quoi tomber amoureuse : l'orientation plein sud n'épargne aucune lumière, le plafond est intouchable, le parquet, d'origine. Ils se marchaient les uns sur les autres pendant la visite, Lore avait jeté son dossier sur une pile, avait suggéré au concerné de l'appeler si, par hasard, elle était retenue. L'absence de toute pulsion vitale dans ses yeux avait convaincu le propriétaire qu'elle ne causerait aucun dommage au bien. Alors il lui avait donné les clés, elle s'était installée sans résistance, habitée par autant d'énergie que son nouveau canapé-lit.

Quand Léonie avait demandé à Lore comment son salaire de serveuse lui permettait de vivre dans un tel palace, Lore avait avoué partager le loyer avec ses parents. C'était la première et dernière fois que Lore faisait allusion à ses parents devant Léonie.

Ils étaient restés dans les Yvelines, ne lui parlaient pas. Rien à se dire ; il ne leur arrivait rien, à elle non plus. Enfant, Lore et sa mère avaient été inséparables. Elles cuisinaient, jardinaient, prenaient la voiture pour aller fleurir le caveau familial. Lore aimait ces expéditions, le pique-nique,

1. Ce n'est pas un champ.

le silence du cimetière qui lui était aussi familier que celui de leur maison. Les morts dépassant les vivants en nombre, les échanges familiaux demeuraient limités. Puis Internet était arrivé, échappatoire vers un au-delà à double sens. Dans la maison, l'écran d'ordinateur avait pris la place des discussions, ou de l'absence de discussion. Il n'y avait pas eu de rupture, le silence s'était simplement épaissi. À dix-huit ans et un jour, Lore avait déménagé, mettant un terme à cet échec.

Leur soutien financier est le seul auquel Lore peut désormais prétendre, le seul dont elle se préoccupe. Dans les premiers temps, ils l'appelaient une fois par mois, pour s'assurer que l'argent était bien arrivé. Puis de moins en moins. Une fois tous les deux mois, une fois par an. Le virement rappelle à Lore qu'elle a des parents, quelque part.

Léonie trouve étrange de sponsoriser un manque d'ambition aussi criant ; étrange et très pratique.

Lore allume la télévision, lui fait face sans la regarder. L'eau du thé est prête, mais elle n'a pas sorti de tasse. Il lui arrive de sentir que sa vie a peu d'intérêt.

Léonie était arrivée au McDo de Châtelet quelques semaines plus tôt. Pendant sa visite de la cuisine, elle avait posé un regard dubitatif sur ses collègues. L'air de se demander comment elle avait pu tomber aussi bas. Sans chercher à s'en cacher, Léonie les avait tous classés dans la catégorie « esclaves du système », puis, un peu à l'ouest, elle s'était mise au boulot. Quand elle avait renversé le contenu de la friteuse sur le sol, elle s'était tournée vers Lore. Avec un sourire qui n'essayait pas d'être sincère, elle lui avait demandé :

— Chaton, tu veux pas m'aider ?

Lore avait nettoyé ; Léonie en avait profité pour sortir fumer. Lore avait guetté un signe de reconnaissance, mais la journée s'était achevée sans plus d'échange. Lore était rentrée chez elle, sous le charme.

Le dosage de l'affection et de l'indifférence ayant été soigné, il n'en fallait pas plus pour que l'image de Léonie s'incruste dans ce cœur encore malléable. Un jour, en passant devant un tabac, Lore s'était dit qu'elle allait acheter un paquet pour Léonie. Comme ça, pour dépanner. L'incident de la friteuse remontait à quelques jours. N'ayant, de sa vie, jamais été appelée autrement que par son prénom, elle voulait réentendre ce « chaton » dont elle ne percevait pas l'ironie. En sortant le paquet, Lore avait pris conscience du ridicule de la situation. Pour se donner contenance, elle avait fait croire qu'elle fumait aussi. Depuis, elle supportait la nausée à chaque pause ; c'étaient toujours cinq minutes que Léonie lui accordait. L'enfer du premier amour s'installait.

Lore sort une cigarette de son paquet, l'allume par habitude. Elle y a pris goût.

La cigarette les réunissait à la fin du service. Dans les premiers temps, Léonie parlait, Lore l'écoutait. Le jour où elle avait senti que sa voix ne tremblerait pas si elle en faisait usage, Lore avait osé une blague. Au terme d'une intense réflexion, elle était parvenue à la conclusion que quelque chose de court et de sexuel serait mieux reçu qu'une analyse du paysage géopolitique. Non pas qu'elle connaisse quoi que ce soit à l'un comme à l'autre.

— Léonie, avait-elle osé.

Une chaleur trop familière lui brûlait le visage mais par chance et comme d'habitude, Léonie regardait ailleurs.

— Mmm ?

— Tu connais la différence entre un chalet suisse et un six-neuf ?

— Non.

— Devine.

— J'en sais rien.

— La vue.

Léonie avait eu un rire qui aurait pu vouloir dire « pas mal » ou « je fais semblant d'avoir écouté ». Se détournant de Lore, dont le visage reprenait peu à peu sa couleur habituelle, Léonie avait remonté la fermeture de sa veste trop large, plaqué ses cheveux brun terne en arrière et était partie à son baby-sitting comme on va conquérir le monde. Un vrai cliché, mais Lore était encore trop étrangère au monde réel pour ne pas y croire.

Elle s'était longtemps demandé si cette première prise de parole avait joué un rôle dans l'évolution par la suite très rapide de leur relation. Dès le lendemain, Léonie la prenait contre le comptoir et Lore la ramenait dans son studio. Sans surprise et pour son plus grand plaisir, elle n'avait eu ni son mot à dire ni le temps de réfléchir. Léonie était aussi irresponsable et brutale dans son corps qu'avec ses mots ; elle passait d'une envie à l'autre sans cohérence, sans plan, sans but autre que celui de s'épuiser. Il avait fallu du temps à Lore pour s'y habituer et calquer des orgasmes sur cette lutte désorganisée. Ce soir-là, elle avait dû s'en passer. Sans regret.

Léonie s'était endormie sans transition. Elle sentait la sueur, marmonnait dans son sommeil ; détails fascinants pour quiconque lui vouerait un culte. Après plusieurs heures à évaluer son droit à se coller à elle, Lore avait cédé au sommeil, immobile à l'autre bout du lit. Au réveil, elle avait pensé à jeter la clé, histoire de gagner quelques heures avant l'arrivée du serrurier. Si elle ne s'était pas exécutée, ça avait été uniquement par peur de réveiller sa captive. Encore endormie, Léonie restait à sa portée. Puis la faim avait levé la bête, rompant le charme et détruisant des plans d'une maturité discutable.

Léonie repartie, Lore découvrait tout le vide du monde dans son cœur. D'ordinaire peu intéressée par ses propres émotions, elle s'étonnait de cette inédite aptitude à la souffrance. À ce problème, elle ne voyait qu'une solution : retrouver celle qui avait révélé le vide, et ne plus la quitter. Réalisant que c'était sa seule chance d'accélérer leurs retrouvailles, elle était allée travailler avec une heure d'avance. Cet excès de zèle lui avait valu une promotion en salle. Raté ; son idole restait en cuisine. Lore s'était mise à la cigarette, seul moyen désormais de l'approcher quotidiennement.

L'idée, quoique bancale, avait porté ses fruits et les avait rapprochées. Adepte de rituels, Léonie avait pris l'habitude de débarquer chez Lore le mardi, le mercredi, le jeudi et le vendredi. Le reste du temps, son absence la remplaçait. À chaque départ, Lore craignait d'entendre murmurer dans l'escalier : « Je crois que j'en ai assez. Adieu, ma chérie. » Elle attendait le jour où, enfin repue, Léonie irait ronfler ailleurs. Cette peur était infondée, Léonie restait constante dans son usage du gîte et du découvert.

Bavant sur le filtre comme une débutante, Lore pense à Angela. Si toute information concernant l'existence de Léonie lui est capitale, l'idée d'une autre femme est indigeste. Elle se déteste d'avoir posé la question, de n'avoir pas douté de la réponse. N'ayant eu en échange de sa tendresse que quelques minutes contre le mur de la réserve et des nuits enfumées, Lore était parvenue à la conclusion – un peu rapide – que Léonie était incapable d'aimer. Cette certitude l'avait réconfortée à chaque porte claquée sans un mot, à chaque nuit annulée sans prévenir. Que Léonie soit capable de ce qu'elle lui refuse lui est insupportable.

Au cours de ses années solitaires, Lore avait développé une imagination fertile, seul moyen d'observer ce qui n'était pas physiquement à sa portée – à savoir, le monde. Se faire des films dans lesquels on a des discussions à table, on échange un sourire, on la serre dans ses bras. De ce fait, elle se contentait de peu pour créer ce qu'elle n'avait pas vu. La seule idée d'Angela lui suffit à construire une femme aux qualités innombrables, à ajouter des détails qu'elle avait cru deviner en trois phrases évasives, jusqu'à parvenir à une silhouette taille réelle dont elle devinait la gestuelle et le parfum. Immobile sur le canapé, Lore se transporte à des kilomètres, à des années de là. Elle entre dans une maison construite à la va-vite dont seul le contenu importe. Plantant l'action dans un coin du salon – celui chez sa grand-tante paternelle, choix arbitraire –, Lore les observe. Léonie a dix-sept ans, elle est plus mince, maquillée. Lore la regarde onduler sur le canapé, ses yeux plongés dans le décolleté surréaliste d'une blonde de bande dessinée.

Lore éteint la télévision. Sa main habituée ouvre le paquet de Lucky Strike, puis le referme. Elle se lève, vide le contenu dans les toilettes. Dix minutes plus tard, elle partira en racheter.

VIVIANE

MERCREDI – 7 H 05, J – 12

Elle traverse Barbès d'un pas mal assuré. À sept heures du matin, ils sont déjà nombreux à se laisser prendre au piège. Lève-toi et marche, avant de faire le chemin inverse. Concentrée sur ses chevilles – qui n'ont d'autre qualité que celle de prolonger ses mollets –, Viviane maintient autant de distance que possible avec l'agressivité ambiante. Elle avait demandé une mutation à Paris pour conserver un semblant de dignité, persuadée à raison d'y passer inaperçue.

Quand Viviane avait débarqué de Lyon pour intégrer le commissariat du XVIIIe arrondissement, elle sortait d'un chagrin d'amour. Comme d'habitude, auraient pu ajouter ses amis si elle en avait eu. Rien de dramatique, il y en aurait d'autres, des ruptures. Quoiqu'elle ne soit pas très loquace – par habitude plus que par nature, personne ne s'intéressant aux détails de sa personnalité –, son dévouement avait toujours trouvé preneuse. On appréciait Viviane pour sa docilité, et à cause d'elle, on la congédiait. Les qualités inhérentes aux filles de transition différant largement de celles que l'on attend du grand amour, les unes et les autres ont peu de chance d'un jour parvenir à passer dans le camp adverse ; c'était l'histoire de sa vie.

Habituée à ne pas voir sa période d'essai aboutir, Viviane se remettrait de l'échec, pas de l'humiliation. Quoi qu'on en dise, il existe des milieux dans lesquels avoir une réputation de fille gentille équivaut à un arrêt de mort. Son nouveau rôle de serpillière bien établi place Bellecour, elle avait compris qu'il faudrait changer d'air. Qu'on l'exploite, passe, mais Viviane avait développé une terreur froide de la moquerie ; rapport à une adolescence douloureuse. Depuis, l'état général de son cœur importe moins que les regards insistants.

La voici plongée dans la ruche. Les hauteurs de Montmartre écrasent son secteur, lui expliquent qu'elle ne doit pas se faire d'illusions ; la ville appartient à ceux qui la prennent, elle n'en a ni le temps ni l'énergie. Comme partout où elle a posé les pieds, elle sera exclue des centres de gravité. Pas faite pour s'épanouir, c'est intégré. De son passage sur Terre, elle n'exige que deux choses ; bien travailler et limiter l'affect. Par chance, la première facilite souvent la seconde. Quand bien même elle aspirerait à plus, son physique explétif la préserve de toute distraction : visage comme corps semblent résulter d'une erreur irrattrapable.

Mâchoire carrée équivoque, cou épais, dessiné, yeux brillants trop enfoncés, quelque chose dans l'ensemble maintient à bonne distance. Emboîtées comme par hasard dans des hanches larges, ses jambes tracent un chemin dans la foule.

On lui a donné son premier jour pour découvrir Paris, la voici qui rôde autour de son lieu de travail. Elle aime son boulot, parce qu'elle le fait bien, et qu'il lui permet de ne pas avoir à exister, d'intégrer un corps de métier plutôt que celui qu'on lui a attribué à la naissance, de faire partie de l'ensemble au détriment de son individualité ; c'est idéal.

Appliquée dans ce qu'elle fait, Viviane prend le temps d'observer les rues, de deviner qui s'est perdu et qui a ses habitudes dans le coin. La transparence des inconnus la satisfait, elle qui n'a jamais pu comprendre son entourage.

Elle repère une femme, milieu de trentaine. Tassée sur sa chaise au comptoir, elle se mord la lèvre, frappe sa tasse à moitié vide. Totalement ailleurs. Viviane reconnaît la véritable solitude parmi les centaines d'autres cafés du matin. Pas laide, sa carrure la prédispose à un boulot administratif. Cheveux fins et sourcils épais, beauté dans l'air du temps, trop âgée pour en profiter. Passe un groupe de lycéens et l'intérêt de Viviane avec eux.

Elle reprend son chemin vers nulle part, l'estomac un peu plus lourd. Ce n'est pas la violence de la ville qui la dérange – ici ou ailleurs –, plutôt une intuition. Par souci de cohérence, elle n'écoute pas plus son instinct qu'à l'adolescence, et se laisse happer par les murs.

LÉONIE

MERCREDI – 15 H 37, J – 12

Depuis la discussion de la veille, Léonie est plongée dans ses souvenirs. Elle se repasse le moment en boucle, se demandant ce qu'elle aurait pu dire à Lore pour lui faire comprendre. Dans sa mission séduction, il aurait été bon d'impressionner par un peu d'éloquence. Perçant à travers l'écume des bières, quelques mots de Pauline Réage : « Elle devint captive avec délices. Elle n'était plus libre ? Ah ! Dieu merci elle n'était plus libre. » Léonie se sent comprise et moquée. Il est difficile d'écrire l'*Histoire d'A.*

DOUZE ANS PLUS TÔT

L'événement n'avait pas connu de précédent. Différente des filles de son âge, dont la mémoire courte les autorisait à tomber amoureuses pour de bon à chaque première pelle, Léonie s'était pris l'outil en pleine tête au détour d'un couloir. Appuyée contre un mur, la femme éblouissante de beauté consultait une camarade au sujet de sa dissertation d'histoire. Le coup de foudre avait fait frissonner Léonie jusqu'aux fermetures Éclair de son perfecto bleu électrique. Déjà esthète autoproclamée, la perfection de ce nouveau profil passa directement de ses yeux à son ventre, y imprimant une torsion nouvelle, mélange d'angoisse et d'extase. Je ne sais pas qui tu es, de quel monde meilleur tu viens, mais je veux – je dois – me rapprocher de toi. Un bordel hormonal ; Cassandre, il faut que je te raconte.

Et elle lui avait raconté pendant des heures la petite seconde d'éternité, changeant d'angle et de superlatifs, alors qu'évoluait la position du soleil dans le ciel. À chaque heure son émerveillement, sans cesse renouvelé. Léonie trouvait soudain des mots, des rimes, n'importe quoi pour intégrer la beauté dont elle avait été victime à son propre univers. Cassandre, indéfectible acolyte, l'avait prédit : Léonie, tu tombes amoureuse. Puis, elle l'avait priée de se taire un peu ; on ne perturbe pas un cours sur Balzac pour si peu.

Bien qu'enthousiaste, Léonie, dont on n'avait encore investi le cœur, s'attendait à ce que la brûlure passe. Frottait la plaie, regardait ailleurs. À la dernière sonnerie, et puisque ni sa voisine de français ni la professeure de géographie n'avaient su la ramener à la surface, elle avait décidé d'y apposer ce doux mot, ce triste mot d'*amour*.

Incapable de quitter les murs qui avaient abrité pareil miracle, Léonie, pourtant la première à mettre un pied dehors, était restée là, dans la cour, sur un banc, au soleil, à la masse. Elle avait attendu un rendez-vous improvisé, longtemps, puis avait abandonné sans rancune. Ses parents lui avaient fait la morale ; c'est à cette heure-ci que tu rentres ? Pour la première fois elle oubliait d'inventer un mensonge, n'ayant plus de place pour la peur et la culpabilité dans un esprit entièrement envahi d'optimisme. La plus belle journée de sa vie s'achevait, et elle passerait cette nuit et quelques autres à la revisiter.

Pendant deux jours – délicieuse époque – il avait été question de jauger l'objet du culte, d'établir son profil sexuel, d'évaluer ce que l'on pourrait en faire, et à quelles conditions. Léonie découvrait une activité extrascolaire sans effets bénéfiques sur sa santé, psychologique ou physique, quel soulagement. Le temps enfin meublé, « avec goût », comme disait Cassandre, qui méprisait le concept de productivité.

Une fois la sentence tombée – on pourrait en faire n'importe quoi, à condition de la prendre par surprise –, Léonie n'avait même pas su l'aborder elle-même. Cassandre y était allée. Cassandre avait pour elle d'être plus persuasive que belle, ce qui en faisait le messager idéal pour Léonie dont l'assurance sans faille ne supportait aucune concurrence directe. Chaussée d'impatience, Cassandre avait traversé la cour. Quelques mots à l'oreille plus tard, l'affaire était arrangée.

Alors était venu le douloureux moment des présentations. Armée uniquement de ce qu'elle était alors – c'est-à-dire peu de chose –, Léonie avait voulu frapper très fort et au hasard. Main calée sur le jean, deux trous de plus au cartilage, toilettes du troisième étage. Peintures de guerre et décor de rêve.

16 H 18

Sa cendre rate le cendrier et disparaît entre les lattes disjointes. Elle ferme les yeux un quart de seconde, exaspérée, écrase le reste, vise bien. L'odeur monte, chaque cigarette ajoutée réveille la pestilence des précédentes. Léonie s'en veut d'en avoir parlé à Lore. Un mélange de honte et de culpabilité infondée lui pèse sur le ventre. Roulée en boule sous le drap, elle rallume une cigarette, mémoire motrice courte. Alors que Léonie hésite entre « Was It a Dream » de The Dø, et « Gigi Song » d'Agar Agar pour accompagner son spleen, l'oreiller se met à vibrer.

Un soleil d'après-midi éclate sur les murs, mais Léonie n'est pas prête à se lever. Comme on se rince le visage, elle prend toujours soin de purifier sa conscience et son ego avant de sortir, de n'affronter le monde que parfaitement satisfaite d'elle-même. Pas question de traîner remords, honte, chagrin dans les rues de Paris. Elle se veut lisse, prête à absorber de nouvelles émotions. Aucune envie d'en communiquer, pour le coup. Léonie répond comme un automate à l'appel de son Nokia.

La mère d'Eulalie lui demande de venir plus tôt, la voix est pressante. Léonie réalise qu'elle va devoir s'asseoir sur un café très attendu avec Marie, une amie de lycée. Difficile d'expliquer que le sexe et les ragots sont plus attrayants que la chair de sa chair. Léonie promet, raccroche et sort du lit, contrainte de s'habiller. Envoie un message à Marie pour annuler, ça fait cinq fois, elle comprendra.

En recherche active d'une culotte, Léonie entend une clé tourner dans la serrure. Aucun doute quant à l'identité de l'intruse, la propriétaire ne se donne plus la peine de sonner. La porte s'ouvre, laisse entrer la bête.

Molly est une quinquagénaire australienne, du moins ce qu'il en reste. Une crinière d'implants caramel travaillés au fer, bouche pulpeuse et pommettes gonflées ; la carrosserie bien refaite. Plutôt excitante, mais l'équilibre reste fragile. Tout ce travail évoque à Léonie la roue d'un vieux paon sur le retour, bien décidé à ne pas lâcher l'affaire. Le studio appartient à son mari, Molly gère la communication avec les locataires, à sa façon. Pressée, elle dandine son short en jean et son épilation intégrale jusqu'au lit.

Léonie avait trouvé l'annonce sur le Bon Coin. Le studio était au-dessus de ses moyens mais une intuition et son désœuvrement l'avaient poussée à appeler. Molly s'occupait des visites. Elle s'était lancée dans un discours sur l'assurance, l'électricité et le chauffage central en passant ses faux ongles sur la nuque rasée de Léonie. Au moment de négocier, elle avait susurré qu'on pouvait s'arranger, qu'elle aimait bien son style. Ça avait été l'occasion de tester la qualité du parquet. Il grinçait.

Léonie a eu l'appartement à un prix ridicule. En contrepartie, Molly descend de temps à autre – le plus souvent quand son mari est d'humeur à tester la résistance de sa boîte crânienne – récupérer le reste de son paiement en nature. La conscience de Léonie s'accommode du contrat aussi bien que de la vue.

Sans un mot, Molly se laisse tomber sur le lit et déboutonne son jean. Léonie se demande ce qu'elle a bien pu faire pour mériter un réveil aussi brutal. Elle masque son dégoût et se rallonge, regard résolu au plafond. Pendant quelques minutes, Léonie se plie aux exigences du marché de l'immobilier, passive. Elle aurait dû dire qu'elle avait ses règles.

Une fois Molly repue, elle n'a pas la bonne idée de s'en aller. Au désespoir de Léonie, le parasite s'allume une cigarette et se penche sur le visage inexpressif de sa locataire. Lui crache un jet de fumée au visage. Connasse.

— Dis donc, tu pourrais y mettre un peu plus du tien.

— Pardon ?

Léonie observe froidement les seins froissés pendre sur ses draps. Une bulle de haine gonfle entre ses tempes. Téméraire, Molly insiste :

— L'étoile de mer c'est pas suffisant pour rester ici. Un mot à Pierre, et t'es dehors.

L'accent australien massacre les mots et les nerfs de son interlocutrice. Léonie ravale sa bile, placide.

Elle siffle :

— Tu vas lui dire quoi, que tu m'excites pas des masses ? Je pense qu'il est bien placé pour me comprendre.

Molly ne dit rien, difficile de savoir si ça la touche. Elle se rallume une cigarette. Pauvre tarte. Léonie se redresse, cherche son propre paquet. Elle sent la rage se diffuser dans ses veines, en quête d'un exutoire. Histoire de s'enfoncer, elle ajoute :

— Je suis pas ta meuf, je vais pas simuler pour te faire plaisir.

L'autre est choquée. Elle se lève d'un coup, fait tomber de la cendre sur le parquet. Ses narines frémissent, dernier recours pour avoir l'air menaçant en dépit du Botox.

— Fais gaffe.

Léonie bondit et ça fait reculer Molly. Comme si elle allait la frapper, comme si c'était son style. Léonie sent une vague d'hormones lui brûler le ventre, l'adrénaline l'euphorise. Elle se met à rire.

— Entre nous, tu te doutais bien que c'était nul ?

Léonie est lancée. Ça va prendre du temps, le sujet est vaste. Molly l'écoute sans ciller, peut-être sous le coup de l'émotion, ou peut-être qu'elle n'y arrive pas. Avant que Léonie ne s'attaque à son bas-ventre avec plus d'énergie qu'elle n'en avait il y a quelques minutes, Molly sort son portable, réponse à à peu près tout.

— Je vais appeler la police.

— Tu crois que quand je ferme les yeux, c'est de plaisir ?

— CASSE-TOI.

Léonie ramasse trois culottes, les enfonce dans son Eastpack. Sans un mot, elle jette les clés par la fenêtre ouverte, claque la porte.

MOLLY

17 H 32

Molly a un faible pour les nanas qui n'ont pas de morale, qui ne font pas semblant de trouver que la vie est un moment sympa. Avec Léonie, tout était allé très vite. Bonne, mais pas assez pour être difficile, foutue comme un fil de fer et prête à négocier. Baiser une fille à piercing lui avait donné un sentiment de puissance nouveau, une libido de feu. Les lendemains de soirée de Léonie lui plaisaient particulièrement ; cette agonie excitante, l'envie animale de se faire prendre. Molly s'était plue à imaginer qu'elles partageaient une douleur commune, une expérience de l'existence plus déprimante que celle des autres.

La pièce est vide aux trois quarts, sa locataire n'a pas l'âme d'une décoratrice. Tant mieux, quand on voit comment elle s'habille. Des paquets de cigarettes au pied du lit, des tickets de métro déchirés. Un emballage de tampon ; Léonie n'a pas dû entendre parler de la *cup*. Dans un coin, une pile de T-shirts sombres surmontée d'un string bleu marine. Molly n'a jamais vu Léonie porter de string. Une paire de baskets à la semelle décollée, elle ne reviendra pas les chercher. Un livre – Violette Leduc, *L'Affamée* – sert de table de chevet. Une tasse de vin y a laissé une trace profonde, a priori plus que la lecture assidue de Léonie. La liste s'arrête là. Molly se demande où Léonie entrepose ses affaires, si elle en possède davantage. Ce départ lui laisse un goût amer. Une distraction envolée de plus. Le studio n'est pas le seul vide qu'elle va devoir meubler. En tailleur sur le lit défait, Molly réalise que sa vie en France est un bel échec.

Débarquée fraîchement de son Australie natale pour vivre le *french* cliché, Molly avait vite fait une croix sur ses rêves de Ladurée et de tailleurs Chanel. La banque qui l'employait à ses débuts la rémunérait moins bien que les bars de Sydney, elle s'enfermait dans une routine sans issue. Le temps de s'en rendre compte, elle avait pris cinq ans dans les traits, assez pour qu'un éventuel retour au bercail la rende ridicule. Par chance, son bronzage restait suffisamment exotique pour intéresser le manager de l'agence. Après le lui avoir promis assez longtemps pour ne plus avoir le choix, il l'avait épousée. Molly avait désormais une excellente raison de rester à Paris ; les bleus sur son corps auraient inquiété sa famille. Il faudrait partir un jour, se dit-elle en cherchant une Gitane dans son sac Chloé.

LÉONIE

17 H 35

Une fois dehors et le sang refroidi, Léonie s'en veut. Pas de ce qu'elle a pu dire, mais d'avoir laissé passer un aussi bon plan. Elle se cale sur les marches deux minutes, se demande où elle pourrait dormir ce soir. Parvenue à la conclusion qu'elle n'est pas obligée de dormir, elle allume une cigarette, reprend son chemin et replonge dans ses souvenirs.

Plus le début s'inscrit dans une suite logique d'événements bien classés, plus Léonie s'aperçoit que le cœur de leur relation, et sa fin, lui échappent. Tente de se plonger dans l'ambiance de l'époque, tout en évitant les poteaux dans la rue.

Pour ne l'avoir éprouvée qu'une fois, Léonie se rappelle de la sensation d'amour comme d'un champ de bataille. Une guerre aveugle, dans laquelle elle était tour à tour son alliée et sa propre ennemie, luttant contre l'extérieur un long moment, puis, au moment de la trêve, se retournant contre son camp. Des luttes de pouvoir, des retournements de veste, et l'attente, toujours l'attente dans les tranchées, à guetter le premier mouvement d'un côté comme de l'autre. Une guerre à mort pour des sensations dont elle se passait très bien jusque-là.

Elle se rappelle la douleur, la léthargie qui la prenait à chaque dispute. La sensation de tomber dans le vide, très souvent. Des vertiges à vouloir vivre sous terre. Chaque reproche s'accrochait à ses paupières, jusqu'à ce que le sommeil lui offre une échappatoire nécessaire. Les cris d'Angela quand il fallait obéir plus vite, être plus conciliante, mais que le cœur n'y était pas. Et conciliante pour quoi ? Léonie retrouve les émotions, mais les faits se sont évaporés. Elle se souvient de l'odeur de terre et des larmes, pas de son adversaire. Léonie réalise que le but à atteindre est devenu immatériel au fil du temps. Désintégrés le parfum, la forme de ses yeux, le grain de sa peau ; Angela est devenue un concept. Sans détails, il n'y a plus grand-chose à raconter, l'histoire manque de substance. Comme une chanson qu'elle voudrait chanter sans en connaître les paroles.

Léonie se retrouve devant chez Eulalie, sans trop savoir comment. Elle se dit que son instinct l'a protégée des voitures et poteaux plus efficacement que d'Angela cette année-là, oublie de s'en féliciter. Elle reste là, figée sur le seuil de l'appartement, à ce point plongée dans ses pensées qu'elle ne pense plus à entrer. En pleine autohypnose, elle est envahie du désir étrange et pénétrant de suivre des couples dans la rue, de se glisser entre eux. Elle veut croire et toucher, être témoin de sentiments qui n'évoquent plus rien pour elle. Tenter de comprendre comment on arrive au désir. Comment on passe d'un chaste instant à discuter à être soudain nue contre l'autre. Quelle communication muette peut s'établir entre deux êtres dans des corps séparés, dont la connexion est imparfaite, impalpable et pourtant vivante, colorée, odorante. Ce qui donne envie, est-ce le regard, des cheveux clairs, un grain de beauté bien placé ? Elle voudrait se souvenir des épiphanies, connaître l'intimité, même par procuration. Inspirer.

CASSANDRE

MERCREDI – 18 HEURES, J – 12

Il soupire, pour la vingtième fois depuis le début de la soirée. Elle a compté. Il serait tout aussi simple de continuer à l'ignorer, pourtant une question la turlupine. Cassandre se tourne vers Éric, qui tente de cacher le plaisir que ça lui fait, inutile, elle s'en rend compte et elle s'en fout. Se mord la lèvre pour voir si elle peut le faire bander, juste comme ça. En effet. Puis, s'emploie à le faire redescendre d'un mouvement des cordes vocales.

— T'es né quand ?

Il rit comme un enfant. Ou alors il pense qu'elle veut savoir son âge, ou il se dit qu'elle s'intéresse à lui. Dans les deux cas il a tort, alors autant qu'il opte pour ce qui lui fait le plus plaisir. Il minaude un peu, et quand elle se désintéresse de ses manières, lâche l'info, déjà un peu vexé.

— Le 20 septembre.

Pas étonnant, petite Vierge susceptible. Il attend une réaction, la lèvre entrouverte, alors, qu'a-t-elle à répondre à ça ? Pour ne pas trop le décevoir, elle se force à écarquiller les yeux. Bravo Éric, tu m'impressionnes par le simple fait d'être né. Puis elle retourne à son activité. Le stylo peine un peu, fin de vie.

— Tu peux me passer un stylo ?

Il n'obéit pas immédiatement, alors elle se demande s'il a entendu, et s'il a entendu, s'il a compris.

— Stylo.

Il se lève, et avance dans la direction opposée au pot à stylos, à savoir la sienne. Au tour de Cassandre de soupirer, vingt et un soupirs à deux, dont la majorité pour lui, on dirait la liste de leurs orgasmes. Inversée. Éric l'observe comme s'il allait la bouffer, c'est d'ailleurs probablement dans ses plans. Dommage, ils ne concordent pas avec ceux de l'intéressée. Sens du devoir inébranlable, Cassandre prévoit de se consacrer à d'autres jouissances. Elle se lève pour se servir elle-même, quand il pose une main chaude sur son épaule. La paume est un peu tremblante, et ça bouleverse plus Cassandre que son sourire en coin sorti de *GQ*. Il est fragile, sensible, délicat, tout ce qu'elle apprécie autant chez un homme que chez un vase. Malheureusement pour Éric, ce n'est pas le genre d'émotion qui lui donne envie de se faire prendre sur le bureau. Désolée. Elle promet que ça arrivera, plus tard, et surtout, que ça arrivera…

— Si tu me passes enfin ce stylo.

Las, il capitule. Et c'est le dos tourné, au bord

des larmes, qu'elle lui cède. La ligne du dos résolue, ferme, cassée, l'invite à enfoncer ses ongles. Cette nuque baissée lui vrille le ventre, allez, elle se lève, se jette contre lui. La faim montée d'un coup n'attend pas, déjà il a les hanches prisonnières. La mâchoire carrée laisse passer son rire d'adolescent, elle l'étouffe contre ses lèvres. Dans la mêlée, sans y prêter attention, il serre sa main, violent remerciement.

Un temps infiniment précieux plus tard, Cassandre reprend, un stylo neuf entre l'index et le pouce. La petite Vierge énervée ronronne contre elle. Il ose un œil par-dessus l'épaule.

— C'est qui Léonie ?

Elle lui donne une petite tape sur le menton, de quoi je me mêle.

— Tu verras.

LÉONIE

MERCREDI – 19 HEURES, J – 12

Coup d'œil à son portable : elle est en retard ; elle allume une cigarette. Léonie se dit qu'elle pourrait enseigner à la gamine deux-trois trucs pour ne pas tomber amoureuse. Après avoir testé, elle ne recommande pas. Pour elle, c'est trop tard, mais les générations à venir devraient être prudentes. Les enfants, aimez-vous vous-mêmes, ça devrait vous occuper pendant un moment. Il est près de sept heures. À contrecœur, Léonie écrase sa cigarette pour aller sauver le monde.

La porte n'est pas fermée. Eulalie l'attend dans le salon, sage. Dès qu'elle voit Léonie, elle s'approche, lui tend une enveloppe, et devant l'absence de réaction, la lui glisse dans la main. Sa mission accomplie, elle retourne jouer. Dans l'enveloppe il y a une feuille de papier à carreaux, du genre arrachée à un cahier. L'écriture est rapide, des petites lettres à l'encre bleue balancées à la hâte.

Léonie, je ne pouvais plus. Je te laisse Eulalie, prends soin d'elle.

Adieu,

Pauline

P.-S. : Ne l'emmène pas dans la cour.

Léonie fixe l'assemblage de lettres, sans comprendre. Elle plisse tellement les yeux que les mots se déforment, elle essaye de lire « n'oublie pas d'aller acheter du pain », mais le malaise général qui émane du texte survit à l'illisibilité. Galère. Elle passe une paume moite sur sa nuque, tondue il y a quelques semaines. La repousse est douce, un petit chat contre sa main. Ses pensées lui échappent. Pendant quelques secondes, elle espère se réveiller ailleurs. Ce n'est qu'un rêve, Molly n'est pas encore passée et tu peux te rendormir. Ça veut dire quoi « je ne pouvais plus » ? Parce qu'elle peut, elle ? Les choses ne devaient pas se passer comme ça, ce n'était pas prévu. Plus que deux semaines à tenir, et elle se retrouve avec une gosse ? Elle est censée en faire quoi, dormir avec dans son lit ? Et l'autre qui rigole avec son poney rose. Hors de question. Elle va retrouver la mère démissionnaire, lui remettre l'enfant dans les bras, lui expliquer que l'amour maternel soulève des montagnes et se barrer très vite. Bon plan.

Léonie se relève et décide d'aller jeter un œil à la cour, histoire de prendre l'air dans un carré de béton. Ensuite, elle partira chercher la fugitive. Plutôt simple, elle connaît le bar où la mère prend son café le matin et celui où elle commande un whisky la nuit. Pas besoin d'avoir fait Saint-Cyr pour retrouver sa trace.

La cour n'est pas plus grise, pas plus sale, pas plus triste que d'habitude. Rien n'a bougé et Léonie ne comprend pas pourquoi elle ne peut pas montrer ça à la petite. Pourquoi elle doit partager ce secret, elle qui ne veut rien partager avec personne. Elle s'approche des poubelles, pour fouiner, essayer de comprendre le problème. Jusqu'à ce qu'il lui saute aux yeux et au nez. Elle voit le poignet dépasser, et l'épaisse flaque de sang. Elle recouvre tout de vomi. Elle met un peu de temps avant de s'arrêter. Appuyée sur l'animal en plastique vert pour ne pas tomber. Ses jambes font un bordel pas possible. Incapable de pleurer. Incapable de soutenir le regard vide de l'autre.

Premier réflexe d'une maturité discutable, elle sort. La porte s'ouvre sur la rue, la cacophonie rassurante. Les sens brouillés elle déambule sur l'asphalte, la jambe encore bancale. Elle a oublié son sac, trop engourdie pour se rendre compte de quoi que ce soit. L'idée de mort rebondit contre elle, une bulle de vertige la protège, pied gauche, pied droit, passage piéton, elle est en automatique. Il faudrait que cet état dure toujours, qu'elle passe le reste de sa vie comme un robot, délivrée des émotions. Sauf que non. Trop vite, la vision du sang fait place au visage d'Eulalie. La tentation est forte de reposer la petite dans son lit, de dire « C'est pas à moi » et de se tirer boire un coup. Après quelques heures de hurlements, une gentille voisine viendra récupérer la petite, lui proposer le gîte et le couvert.

Sans qu'elle sache très bien pourquoi, en dehors de l'éthique dont elle conserve des notions, cette solution déplaît à Léonie. Non pas que le bonheur de l'enfant lui tienne particulièrement à cœur – ou du moins, elle n'en a pas une grande conscience –, mais elle s'était promis, certes sans envisager cette tournure des choses, de ne pas décevoir Pauline. Pourquoi ce serment, qui n'avait jamais été prononcé à haute voix, contrairement à tous ceux qu'elle avait brisés sans sourciller, était-il si sacré à ses yeux, elle l'ignorait. Quelque chose dans le regard de Pauline ne tolérait pas la fuite, quelle ironie. Alors maintenant il va falloir aller au bout de ses convictions, pour une fois. L'idée de responsabilité a fait du chemin dans son esprit et Léonie commence à s'y habituer. Elle est seule, s'ennuie. Elle aurait besoin d'une compagnie la nuit, plutôt que d'aller risquer de se faire séquestrer par Lore. Cette belle cruche la retient un peu plus longtemps chaque matin, ça en devient inquiétant.

Au bout de quelques mètres, Léonie se rend compte qu'elle a abdiqué. Elle ne trouve rien à redire à son argumentaire et fait demi-tour.

Eulalie la regarde traverser la pièce, l'air de se demander ce qu'il se passe. Elle pense peut-être que Léonie a besoin d'intimité. Polie, elle ne la suit pas.

En ramassant quelques vêtements, les moins usés, Léonie réfléchit à un endroit où aller. Chez elle, c'est foutu, Molly aura déjà fait changer la serrure. Décidément une bien belle journée. Elle se creuse un peu la tête, effort inhabituel. Il y a toujours quelques nostalgiques du temps où elles se roulaient des pelles qui lui ouvriraient leur porte, mais l'idée lui plaît moyen. Elle se voit mal installer la petite dans un salon rempli de nanas surexcitées par l'abondance de coke et de leurs congénères. Elle chasse la vision de son esprit avant que ça ne devienne trop tentant.

La panique s'est transformée en un sentiment d'héroïsme. Il va falloir protéger, faire rire, nourrir, consoler, coucher. Comme avant, mais maintenant, il faut aussi la fermer. Pas question de parler de la cour, et de cette conne qui ne sait pas se servir d'un rasoir Bic. Chaque fois qu'elle l'insulte dans sa tête, Léonie fait un rapide signe de croix. Question de principe.

Elle pense à ses parents, à sa famille ; des gens responsables. Elle pourrait la leur confier, ils lui donneraient de la compote au dessert et des cahiers de vacances. Dans l'intérêt de l'enfant, l'idée marque des points. Dommage qu'ils soient si loin. Elles n'auraient qu'à prendre le métro, mais pour Léonie, la distance entre elle et eux est insurmontable. Elle ne se sent pas prête à débarquer après toutes ces années à surjouer la paria. On n'en est pas là.

L'enthousiasme retombe un peu. La situation lui pèse, elle aimerait s'en débarrasser dans l'esprit de quelqu'un d'autre. Léonie regarde la gamine jouer en silence. Elle n'a pas envie de s'en débarrasser. Reste sa sœur ; elle tourne un peu moins au ralenti que les autres. Peut-être que la drogue lui permet de réaliser que le monde ne s'arrête pas à son immeuble à Jaurès, peut-être que ça plaît à Léonie de le croire. Ça sera une première étape, pas trop bizarre ni trop compliquée.

— Léonie ? Tu dors à la maison ?

La petite voix la ramène à une réalité urgente. Léonie ne sait pas quoi répondre, on n'a pas idée de poser autant de questions. Elle tend le bras jusqu'au vieux sac à dos, y enfonce les vêtements et rejoint la petite.

Pas décontenancée pour un sou, Eulalie a entrepris d'organiser un rassemblement de peluches. C'est l'heure du dîner, éléphanteaux et ânons se pressent autour d'un verre d'eau. Léonie n'est pas souvent invitée aux fins d'après-midi trans-espèces que la petite passe dans sa tête. Léonie réalise qu'il est injuste de la déposséder de ses jouets.

— Qu'est-ce que tu prendrais si on devait partir sur une île déserte ?

Eulalie ne s'étonne de rien, ce qui est normal quand on a l'habitude de donner des gâteaux invisibles à des amis imaginaires. Elle ramasse un tas d'objets autour d'elle, jusqu'à s'entourer de la totalité de ses possessions, à l'exclusion d'une poupée sans tête. Probablement un choix arbitraire, dans la mesure où il manque des membres à la plupart de ses jouets.

— Non mais… si tu pouvais prendre disons… deux trucs ?

Eulalie réfléchit à ce paramètre nouveau avec lequel il faut composer. Cinq minutes plus tard, elle a jeté son dévolu sur une poupée unijambiste et un tube de rouge à lèvres auquel il manque le capuchon. Léonie fait entrer le tout dans son sac, elles s'extirpent du deux-pièces.

Alors qu'elle traverse la rue, Eulalie à bout de bras, Léonie ne cesse de se répéter que quelqu'un va les arrêter, lui demander d'où sort la gamine, la lui enlever, lui rechercher de la famille, l'envoyer à la DASS. Rien ne se passe. Les flics ne les regardent pas, personne ne pose de question. Léonie a l'impression qu'un néon affiche « C'est louche » au-dessus d'elles, mais ça doit être dans sa tête.

Sur le chemin, Léonie imagine de quelle manière pudique et mature elle va pouvoir expliquer les choses. Il faudrait expliquer pourquoi le métro, pourquoi elle est vissée à son portable plus que d'habitude, pourquoi les culottes et les jouets dans le sac à dos, et où le tout. À force de réfléchir, elles arrivent devant l'immeuble sans avoir échangé un mot. Léonie se dit une fois de plus que la gamine est chouette. Elle se persuade quelques instants que les choses seront simples, que le monde accueillera leur duo à bras ouverts. Une fois dans l'ascenseur, elle a envie de faire demi-tour. La porte s'ouvre, elles entrent chez Hana.

Pas un sourire, pas un mot de bienvenue, Hana fait claquer sa joue contre celle de sa sœur. Eulalie se hisse sur la pointe des pieds, mais Hana s'écarte déjà pour les laisser passer. Devant la déco, Léonie étouffe un rire. Sa sœur n'est pas sortie de son trip hippie chic, quelle bonne nouvelle. Sur les murs, des tapisseries asiatiques, indiennes, mongoles. Les couleurs sont trop éclatantes, les motifs trop répétés pour être authentiques. Ambiance magasin de déco, tant de mauvais goût devrait être interdit. L'ensemble baigne dans une odeur de désinfectant et d'herbe.

Les idées d'Hana n'ont pas changé depuis son adolescence, elle en manque toujours autant. Un globe terrestre effet vieilli trône sur la table du salon. On a planté quelques punaises ici et là en Asie ; pourtant aux dernières nouvelles, Hana n'a pas roulé sa bosse plus loin qu'une colonie de vacances dans le nord de l'Espagne. Pas de micro-ondes ni de bouilloire ; le seul indice de modernité est une télévision, vers laquelle tous les meubles sont tournés. On va rire. Eau bouillante sur le feu ; bientôt l'heure de la tisane.

— J'ai fait de la tisane, murmure Hana.

Elles sont assises sur d'immenses coussins en cuir clair. Léonie les a déjà vus chez ses parents, il y a quelques années. Parce qu'elle ne s'y attendait pas, l'idée qu'Hana et ses parents puissent avoir une relation, échanger des mots et des objets, la blesse. Elle sèche ses yeux à la vapeur de l'infusion. Eulalie observe la mixture verdâtre, puis détourne le regard, à la recherche d'une bonne cachette pour son verre. Léonie le lui retire des mains, regard exaspéré de sa sœur.

— Alors Eulalie, quel âge tu as ?

L'enfant s'arrache à la contemplation d'un éléphant tissé à sa gauche. Tout l'intrigue et l'amuse dans ce grand vide-grenier. Léonie regrette un peu que l'enfant ne comprenne pas comme ce qui les entoure est laid. Eulalie montre le chiffre sur ses doigts.

— Sept ans. Et toi ?

Elle se prépare déjà à compter, pouce gauche levé.

— J'ai…

— À vue de nez, tu t'es échappée d'une tribu nomade du XVIe siècle.

Hana accorde un regard navré à sa cadette.

— … vingt-neuf ans.

Eulalie n'a pas d'avis sur le sujet. Elle bâille longuement, plantant son poing minuscule devant sa bouche. Fatiguée, mais bien élevée, note l'hôtesse. Léonie se lève, désireuse de ne pas rester sur une blague ratée.

— Viens te coucher, Eulalie.

Hana désigne la pièce du fond et entreprend de finir à grandes gorgées les tasses restées pleines aux trois quarts. Elle regrette d'avoir ouvert la porte à ce duo encombrant. De derrière son pot à tisane, elle tire un pochon d'herbe bien rempli. Toute cette agitation imprévue lui a donné très envie de fumer.

Le bureau d'Hana est le seul vestige apparent de son éducation capitaliste. La table en bois vernis mange la moitié de l'espace, surmontée d'un iMac neuf. Moquette propre, draps en coton égyptien sur le canapé-lit, on est loin de la yourte. Pendant qu'Eulalie enfile un immense T-shirt à l'effigie du Che, Léonie ouvre distraitement un à un les tiroirs à la recherche d'argent. Le premier contient quelques paquets de chewing-gums à la menthe, vides. Hana tient à dissimuler les indices qui pourraient révéler sa véritable nature de consommatrice de base.

Le second tiroir contient des Post-it de différentes couleurs, minutieusement ordonnés et classés. Léonie ne se prive pas d'investiguer ce qui peut bien mériter autant d'attention de la part de sa sœur.

« Thomas : 1/10, non » ; « Paul : 4/10, voir jeudi » ; « Matthieu : 2/10, manager mais beau sourire » ; « Éric : 3/10, a une vidéo TED Talks », et ainsi de suite.

Sous chaque note, le site de rencontre sur lequel Hana a déniché ce remarquable individu. Aucune notation ne dépasse les 4/10. Tous les tiroirs suivants dissimulent un contenu identique. Léonie n'a jamais entendu parler de la plupart des sites ; leur découverte résulte à n'en pas douter de longues heures solitaires et passionnées.

De retour dans le salon, Léonie attribue aux tentures le rôle de parois d'un cocon apaisant, leurs représentations caricaturales devenant autant de présences qui manquent à sa sœur. Bien qu'existant dans son esprit, ces considérations restent coincées dans sa gorge. Elle ne trouve rien d'autre à dire que :

— Tu cherches un mec mortel sur Internet ?

Hana ne répond pas, elle finit de rouler son joint. Les tasses vides ont disparu, nettoyées au produit vaisselle estampillé bio. Léonie reprend sa place sur le coussin familial, elle y a droit, elle aussi. Les minutes passent pendant qu'elles tirent à tour de rôle sur le carton roulé serré. Au-delà de la défonce paisible, elles n'ont rien à se dire.

— Tu ne vas pas me poser de questions ?

Hana déteste parler quand elle est défoncée. Même sobre, la rhétorique est un talent qu'elle ne possède pas. Elle reste silencieuse. Pour être sûre de la mettre mal à l'aise, Léonie entreprend de dévisager sa sœur, insistante. Elle observe ses yeux la fuir, ses lèvres sèches se tordre, ses mains chargées de bagues changer sans cesse d'appui. Elle la torture jusqu'à ce que l'autre abdique et ouvre la bouche. Parle-moi, même si tu préférerais t'immoler par le feu.

— Des questions sur quoi ?

Tu vois, quand je veux, tu peux. Désireuse de s'épargner la vue d'une défaite qui ne la réjouit pas, Léonie détourne le regard. Elle ne sait pas bien où poser l'œil, qu'elle a un peu rouge.

— Je ne sais pas. Sur Eulalie, sur ma vie.

Hana hausse les épaules. Même attitude fuyante que sa sœur, même absence de curiosité envers le monde. Elle a beau se construire une personnalité dans des catalogues, s'imaginer qu'elle rêve de voyager, rien ne l'intéresse. Petite, elle a appris à lire dans la douleur et n'a pas poursuivi l'effort plus loin que le strictement nécessaire. Au moment de creuser un peu, de trouver un but à cette existence, elle s'est vite heurtée à sa propre apathie. Elle n'a pas d'amis proches, parce que les histoires des autres l'ennuient. Incapable d'empathie, inadaptée au brunch-débrief du dimanche, il lui a bien fallu se construire une ébauche d'idéologie. Comme on tire son avenir à pile ou face, elle a choisi qu'elle serait bobo : le magasin bio en bas de chez elle simplifiera la démarche. Découragée, lasse avant l'heure, elle cultive son mode de vie avec maladresse. Ce qu'elle sait faire, c'est rouler. Coller les bouts, clore, c'est son truc. La discussion peine à naître dans cet environnement stérile.

— Si j'avais su que t'avais envie de parler, j'aurais pas répondu à tes messages.

— Forcément. Ça aurait été plus rentable d'enquêter sur la marque de quinoa préférée de Jean-Jacques.

Léonie voit bien que sa sœur irait bien se coucher sans demander quoi que ce soit. À bien y réfléchir, elle-même est épuisée et n'a aucune envie de prolonger ce moment. Ce qui la pousse à rester éveillée, en dehors du plaisir évident d'agacer Hana, c'est cette panique viscérale qui la prend chaque fois qu'elle ferme les yeux. La mare de sang n'est pas loin. Quand elle pense à la petite fille endormie, Léonie rêve de disparaître avant son réveil. Il faut partir sur quelque chose de plus simple.

— Ça va faire dix ans.

— Tu t'arrêtes jamais ?

— Tu sais même pas de quoi je parle.

Hana se redresse, son dos craque. Ses yeux vitreux brillent ; comme chez Léonie, l'agressivité monte vite.

— Bien sûr que je sais. Mais tu ne comprends pas. Tu comprends rien.

Prête à la claque, Léonie se mord la lèvre, l'œil baissé. Hana le remarque, la faiblesse de sa sœur nourrit la bile.

— « Retrouve-moi dans dix ans » ! Non mais tu crois au Père Noël, toi !

— Elle l'a dit.

— Tu rampais à ses pieds, elle savait plus quoi faire pour se débarrasser de toi ! Tu captes ? Angela elle s'en fout, elle veut pas de toi.

Le prénom fait sursauter Léonie. Hana s'interrompt, le temps de réaliser qu'elle n'a aucune envie de se battre. Elle rallume le joint. Conclut dans un souffle :

— Arrête avec ça, merde à la fin.

Léonie serre ses genoux dans ses bras, n'ose plus regarder sa sœur. Quelle conne. Il fait froid tout d'un coup, mais aussi très, très chaud. La mare de sang danse devant ses yeux. Pas une blague ce joint, putain. Ça tangue un peu.

— C'est pas parce que t'arrives pas à trouver

quelqu'un que tout le monde va crever seul, tu sais.

Elle s'en veut à l'instant où elle le dit, mais la honte s'est transformée en rage au fond de sa gorge. Il faut taper plus fort, se défouler.

— T'es inintéressante au possible, personne n'a envie de venir crever d'ennui ici avec toi.

Hana ne répond rien. Vides de sens, leurs piques flottent un instant dans l'air, puis s'écrasent dans l'indifférence générale. Difficile de viser une cible qui s'en fout.

Hana allume la télévision et roule de nouveau. Léonie lui trouve des airs adolescents. C'est une soirée triste, il n'y a plus rien à dire. Elle reporte son attention sur l'écran. Une fille de l'âge d'Eulalie traite sa mère de grosse conne. L'émission parfaite pour se sentir mieux, mais ça ne suffit pas. Elles fument encore un peu. Hana a l'habitude des nuits blanches, Léonie finit par s'endormir sur son épaule.

Hana voudrait bouger son bras, le sang ne circule plus. Elle observe les paupières de Léonie, agitées dans leur sommeil. Elle tente d'oublier la douleur. Ses yeux se ferment, elle a vingt-neuf ans depuis presque trois heures.

VIVIANE

JEUDI – 4 H 23, J – 11

Il était déjà quatre heures du matin quand il a débarqué au commissariat. Complètement ivre, les yeux hagards. Il a dit qu'il devait parler à la police, maintenant, tout de suite. Ils lui ont demandé de rentrer chez lui, et ils l'ont fait obtempérer. Des mecs bourrés qui débarquent pour chercher la merde, c'est toutes les nuits. Pas que les mecs, du reste, on explique à Viviane. Tout le monde a l'air d'avoir envie de lui expliquer beaucoup de choses. Comme si, en dépit de ses études brillantes, elle dégageait une telle détresse qu'on se sentait obligé de lui prodiguer pléthore de conseils pour assurer sa survie. Du reste, aucune envie de les détromper, pas vraiment les moyens, non plus. Comme d'habitude elle opine du chef, retourne se prendre un café. Attend patiemment que quelqu'un vienne faire une déclaration de perte, de vol, bref, aider son prochain avant la fin de son shift.

Il est revenu. Cette fois-ci, il n'est pas seul. Tout le monde se lève, on va lui dire de façon claire et palpable qu'on ne veut pas de lui ici. Son pote a l'air moins saoul, il n'a même pas l'air d'être son pote, mais il s'interpose. Il s'interpose, agite les bras dans tous les sens, pendant que le pauvre type roule des yeux effarés, au bout de sa vie. À trois, elles parviennent à les faire sortir un peu… Et c'est là que Viviane s'en aperçoit. Le machin moins ivre brandit son portable dans les airs, sans agressivité. Sur l'image qui passe par éclairs devant ses yeux – vue excellente, modèle plus efficace qu'esthétique –, Viviane reconnaît, ou du moins croit reconnaître, quelqu'un. Elle fond sur lui, personne ne s'interpose, si elle veut se farcir l'haleine de coyote, la nouvelle, aucun souci. Elle attrape l'Alcatel et d'un coup, les deux types retombent comme des chiffons. Sur la photo, c'est la femme du café. La femme du café plus paisible, immobile, déjà froide.

— Ah bah c'est pas trop tôt…

La voix pâteuse se dissout dans une ambiance très tendue.

On la félicite sans le penser. On est peut-être un peu jaloux, ou peut-être qu'on aurait préféré attendre le relais de l'équipe de jour. Ne pas trop s'activer. Quand même, quelques têtes osent la ramener, dire que c'est fou quand même, que personne d'autre n'ait compris. Viviane se retient de dire qu'il faut parfois observer d'autres tentatives de communication que celles de mots, parce que l'alcool et d'autres facteurs peuvent altérer l'élocution, et que l'on peut, que l'on doit chercher ailleurs. De toutes les façons, elle fait toujours mieux son métier que tout le monde, et ça ne la mène jamais nulle part.

Ou presque, puisque ce soir, ça la mène à la cour d'un immeuble dans un état pas possible. L'immeuble, bien sûr, mais la cour, surtout, avec le corps. Puis l'appartement. Les jouets d'enfant. Personne ne réagit, c'est pas une première, suffit d'attendre quelques secondes et quelque part, un père ou une mère de plus sera mort dans le monde. Voilà, c'est fait.

— Alors, elle est où ?

Le type ne sait pas, du reste, sa mission est accomplie. Personne ne sait, sauf une des stagiaires, elle ouvre la bouche, mal à l'aise. Elle connaît un peu la famille, la petite a une baby-sitter. Elles sont sûrement ensemble, elle l'a vue arriver en fin d'après-midi. Tente de ne pas laisser entendre qu'elle la guettait depuis quelques heures. On note, personne ne tire de conclusions, elle respire.

On se tourne vers Viviane, il va falloir aller récupérer la petite. Le jour ne va pas tarder, l'occasion pour la plupart de rentrer chez eux. Des enfants à retrouver, ils en ont déjà quelques-uns. On a le nom de la baby-sitter, on lui tend une photo, un itinéraire possible. Elle aura même un binôme, c'est la règle, quelle chance. Un homme, encore mieux, elle est ravie. Histoire de ne pas lui laisser le choix, on lui offre son premier sourire de la journée. Pas bête.

Viviane attrape la photo, quel enfer. Sent bien qu'on lui confie le truc parce qu'elle n'osera pas dire non, et c'est vrai. Coup d'œil las sur la feuille, réflexe inattendu de la main, elle la laisse tomber. Ramasse, personne ne fait plus attention à elle. Elle détaille le visage qui lui saute aux yeux, elle ne laisse rien transparaître. Une minute plus tard, clés de voiture dans la poche, elle ouvre la porte du commissariat. Prête.

ANGELA

JEUDI – 5 H 04, J – 11

Il fait déjà clair quand Angela sort du bar. Elle s'est encore ennuyée à crever. Tous les beaufs du coin avaient les yeux rivés sur elle, elle a l'habitude. Angela tire sur son haut trop court, se disant qu'elle aurait pu arborer une tenue décente. Autant à dix-huit ans on la trouvait sensuelle, autant dix ans plus tard, elle fait un peu cheap. La vulgarité a le mérite de lui payer des verres, non pas qu'elle en ait besoin. C'est plutôt de la compagnie qu'elle recherche, avant de l'envoyer chier. Quelques connards avaient proposé de la ramener, sans préciser où. Elle crache sur le sol plutôt que dans leurs yeux. Ce dont elle a envie, c'est d'une gamine un peu conne qui voudrait en apprendre plus sur les joies du saphisme. Un esprit vierge, une feuille à salir. Là où le bât blesse, c'est que ce bled comporte autant de gouines qu'une réunion au siège de La Manif pour tous.

Angela a des projets de vengeance contre l'humanité ; pour commencer, elle vomit sur le parking. Sa main tremble contre le mur, elle se sent mieux. Elle marche un peu pour faire passer la nausée. Le ciel laiteux l'angoisse, elle aimerait être ailleurs que sur une route déserte. Le viol l'excite, le meurtre, moins.

Angela rassemble ses cheveux emmêlés autour de son cou. Ivre, elle a froid. Une partie de son crâne est douloureuse, elle ne se rappelle pas s'être cognée. Ça la lance depuis dix minutes, la douleur remplace la nausée, merveilleux. L'herbe est trempée, c'est tout ce qui la retient de s'allonger et d'attendre la mort, ou le sommeil. En donnant quelques coups de pieds taquins aux cailloux, Angela pense à la personne qui l'attend chez elle. Ce corps paisible, ce sourire naïf lui redonnent de l'énergie. Elle marche, déterminée, dans le sens opposé.

Elle croit entendre une voix au fond d'elle, la voix de sa mère qui lui dit :

LÉONIE

JEUDI - 5 H 45, J - 11

— TU TE FOUS DE MA GUEULE ?

Sa tête heurte quelque chose de lourd. La bouche pâteuse, de l'eau, de l'eau ça serait pas mal. Lore, file-moi l'eau. Léonie tâtonne, mais ne reconnaît pas les draps, ouvre un œil… Hana. Il doit être six heures, le soleil se lève à peine. La télévision et Hana hurlent.

— Léonie…

Hana respire profondément. Ses yeux sont rouges, elle a fumé toute la nuit.

— Tu as enlevé cette petite fille ?

— Pardon ?

Léonie se rappelle vaguement Eulalie dormant à côté, mais tous les liens se font avec une lenteur absurde dans son esprit. Elle voudrait se rendormir, juste se rendormir. Alors que tout redevient flou, une main la secoue.

— C'est à la télé, putain. Ils parlent de la petite ! On dit qu'elle a été enlevée ! Y a deux flics sur le coup ! Elle te connaît !! Mais Léonie, qu'est-ce que tu fous exactement ?

« Elle te connaît. » Léonie est à présent aussi éveillée que possible, ce qui n'est tout de même pas glorieux. Péniblement, son cerveau trace un lien entre elle et…

Elle se redresse, affronte l'écran. Conciliant, il repasse l'info. Au départ, Léonie ne voit qu'un type maigrichon, pas mal, visiblement décidé à lui mettre la main dessus. Il ne sera pas le premier à essayer et à se rater, pas de quoi paniquer. C'est quand la caméra tourne à droite que Léonie doit se forcer à déglutir. Visage improbable, froissé comme celui d'un chat passé sous un camion. La laideur rend toujours mal à la TV, là c'est tout juste si l'appareil ne devrait pas se mettre en veille forcée. Est-ce qu'ils ont dû prendre un objectif à grand angle pour faire entrer son nez dans le plan ? Léonie se demande quel est le lien de cause à effet entre ces perles d'humour et la terreur qui s'installe progressivement dans tout son corps. Viviane s'anime, du moins, elle ouvre la bouche. La voix rauque promet que ce geste ne restera pas impuni. Viviane poursuit, dit beaucoup de choses, Léonie grince des dents. Tellement dans les vapes qu'elle oublie chaque mot entendu au fur et à mesure, elle capte néanmoins l'inconfort de sa situation. Puis, sans transition aucune – ou alors elle l'a ratée –, c'est la pub. Hana éteint, d'un geste qui sous-entend : « C'est moi qui commande ici ! » alors que le volume sonore lui donne juste très mal à la tête.

Léonie étire sa nuque, un frisson la secoue au ralenti, droite, gauche. Viviane est de retour en ville et ça fait dix ans. Pas une coïncidence, c'est très embêtant. Le message de Cassandre prend tout son sens. « Tu ne devineras jamais qui est de retour. » Léonie ne peut s'empêcher de sourire, c'est tragique.

— … sa mère retrouvée morte ! Tu te rends compte ? Léonie, dis-moi, et je veux que tu sois franche avec moi…

En gros plan, des yeux rouges aux pupilles dilatées la fixent. Hana tente d'afficher une expression rassurante, sans y parvenir. Les tempes de Léonie vibrent. Ce n'est pas un moment à se fendre la poire.

— Tu as tué cette femme ?

— T'es complètement cinglée.

— Mais…

— Pourquoi j'aurais tué qui que ce soit ? Pourquoi j'aurais voulu récupérer une gamine de sept ans ? Je dois être dans le Sud dans deux semaines !

Quelque chose dans l'expression d'Hana se modifie. Elle intègre l'innocence de sa sœur et, dans la foulée, sa débilité profonde.

— Tu… tu vas essayer d'aller dans le Sud ?

— Ça va faire…

— LA FERME. T'as deux flics dont la seule mission est de te retrouver pour te foutre en taule pour enlèvement, et toi, tout ce à quoi tu penses, c'est retrouver Angela, qui doit être mariée à l'heure qu'il est ?

Léonie ne répond pas. Eulalie les dévisage, médusée. Ses yeux confus cherchent la preuve qu'elle n'est pas dans un rêve particulièrement bruyant. Léonie se lève et la prend dans ses bras. Du silence, il faut du silence. Elle éteint la télévision, caresse les cheveux noirs. Aucune idée de ce qu'il faut faire pour rassurer une petite recherchée par la police. Situation très compliquée.

Hana inspire encore une fois, comme pour un exercice de yoga. Elle ressemble à la couverture du bouquin *Comment vous détendre dans un environnement hostile* qui trône sur la table basse. Dommage qu'elle n'ait pas encore lu *Comment relativiser le fait que votre sœur soit accusée de l'enlèvement d'une enfant de sept ans, actuellement hébergée chez vous.* Le téléphone sonne, il a bien choisi son moment. Silence de mort.

— Partez, murmure Hana. Partez de chez moi.

— Et tu veux qu'on aille où ?

— Je m'en fous. Va chez tes copines. Je m'en fous, t'entends ? Ne me mêle pas à ça.

Hana regarde autour d'elle, s'attendant peut-être à voir de tout petits policiers sortir de derrière les tapisseries. Comme Léonie ne bouge pas, elle ajoute :

— Ils vont rappeler, ils vont se ramener.

Léonie a encore mal à la tête et aucune envie de courir au hasard dans les rues de Paris. Elle reconnaît néanmoins que c'est bien parti pour.

— Juste une heure, le temps de boire un thé.

— Dégage.

Sur le pas de la porte, Léonie aimerait regarder sa sœur encore un peu. Pour le reste, Eulalie, le sac, ses baskets, elle sait qu'elle les aura sous les yeux pendant un bout de temps. Il faut se concentrer sur Hana, une dernière image à emporter.

Le visage tiré et les yeux rouges, sa sœur est adolescente la nuit, femme fatiguée au réveil. Elle devrait s'amuser encore un peu, ça lui détendrait les traits. Elles se ressemblent. Hana est plus grande, mais elles ont toutes les deux les cheveux châtains, fins, plus courts chez Léonie. Deux pauvres filles. Mal à l'aise, Hana regarde ailleurs. C'est peut-être le signe qu'elle réalise que tout ne se passe pas très bien. Est-ce que dans sa tête, une voix lui rappelle « C'est ta sœur, quand même » ? Difficile à déterminer. Pour l'heure, Hana désigne la poignée, foutez le camp.

— Quand tu verras Viviane, dis-lui que je pars dans le Sud.

— Tu me désespères.

La porte se referme. Fin de l'histoire. Pas de rires complices, pas de nouvelles des parents. Pas un souvenir commun évoqué. Le lien qui n'existerait pas sans celui du sang. Elles n'auraient jamais dû se rencontrer.

Eulalie murmure :

— La sœur de Sarah aussi elle est méchante avec elle.

Voilà qui nous fait une belle jambe.

VIVIANE

D'un point de vue social, on peut dire que Viviane n'a pas eu de chance et qu'elle n'a pas fait d'efforts. Enfant, elle était ronde et son nez dépassait légèrement la longueur acceptable dans la cour de récré. Elle n'avait pas eu d'amis. Pas besoin, son rêve à elle, c'était de devenir espionne, et une espionne travaille mieux seule. Elle explorait les salles de classe à la recherche d'indices, avait toujours des bouts de gomme à conviction dans ses poches. Ce comportement amusait les autres enfants, qui se moquaient d'elle ouvertement. Les parents de Viviane, âgés, ne voyaient pas le décalage se créer au fil des jours entre le monde réel et leur unique erreur. Si Viviane revenait de l'école primaire en pleurant, ils feignaient d'être trop occupés. Plus assez d'énergie pour réparer.

QUINZE ANS PLUS TÔT

À douze ans, le parcours affectif de Viviane avait connu un revirement inattendu : la fille la plus populaire du collège l'avait choisie comme amie.

L'événement avait eu lieu un matin en classe de cinquième, pendant le cours de sport. Viviane attendait que les groupes de deux se forment. Elle ne prêtait aucune attention au déroulement de l'activité, sachant qu'elle finirait avec le professeur pour partenaire. À la stupeur générale, quand la reine des abeilles avait eu à choisir la sienne, c'était vers Viviane qu'elle s'était avancée. Dans un silence choqué, elle lui avait pris la main et elles étaient allées chercher un ballon. Pendant la première partie de l'exercice, Viviane n'était pas parvenue à ouvrir la bouche. Par miracle, la nymphette de l'école semblait lui trouver un intérêt jusque-là resté invisible aux yeux du monde. Loin d'être découragée par le mutisme de son binôme, la petite blonde lui racontait des blagues, des anecdotes sur ses parents, ses vacances. Sur le chemin du retour, elle avait proposé à Viviane de passer prendre le goûter chez elle. À partir de cet après-midi-là et des gaufres au Nutella, elles ne s'étaient plus quittées.

Viviane avait changé à son contact. En quatrième, elle avait eu la chance de profiter des conseils d'une vraie fille – ou l'idée que l'on peut s'en faire à cet âge-là – qui lui avait appris à se vernir les ongles et à assortir le bon débardeur à son jean taille basse. Elle passait de la « fille bizarre » à « Viviane, la fille bizarre ». Belle ascension.

JEUDI – 6 HEURES, J – 11

— … Don Juan, votre coéquipier.

Viviane jette un coup d'œil rapide sur sa plaque. C'est son vrai prénom. Il lui sourit, sincère, et elle sent ses entrailles fondre de dégoût. Elle voudrait redire – encore une fois – qu'elle n'en a pas pour longtemps, exiger qu'on lui rende la solitude que ses collègues de Barbès avaient pris garde à ne pas entamer. Elle sait ce qu'on lui répondra ; à force, elle reconnaît les batailles perdues d'avance. Dommage, elle connaît trop bien les règles pour les enfreindre.

Comme c'est ce qu'ils attendent d'elle, Viviane tend une main mortifiée, qu'il serre avec chaleur. Duo de choc.

LÉONIE

JEUDI – 6 H 30, J – 11

Il fait encore frais et Eulalie porte le T-shirt du Che par-dessus ses collants. Léonie se demande si le fait de mal habiller un enfant peut être considéré comme de la maltraitance. Un rapide regard autour d'elle lui apprend que non.

Un croissant à 1,10 € s'émiette à ses pieds. Elle n'a pas faim, sa bouche est sale, elle reprend une gorgée d'eau. Imperturbable, la petite galope le long du canal, un pain au chocolat à demi enfourné dans la bouche. Pauvre gosse. Un type s'approche d'elle, la cinquantaine, mal rasé. Il lui raconte quelque chose, tête inclinée sur le côté. Eulalie écoute, surprise qu'un adulte lui adresse la parole. Au moment où elle va lui tendre le reste de son petit déjeuner, Léonie arrive pour demander au type s'il a bientôt fini de faire chier le monde. Il lui dit de pas jurer devant la petite, et part en la traitant de salope.

— Qu'est-ce qu'il a fait de mal, le monsieur ?

Elles prennent le temps de s'asseoir sur le bord du trottoir, sortent les bouteilles d'eau.

Léonie se gratte la nuque, elle n'a pas une vocation d'éducatrice. Ça la fait marrer, au fond, de se dire qu'elle va apprendre des choses à quelqu'un.

— Tu vois, dans la vie, les adultes doivent prendre soin des enfants. Ils ont un travail alors ils peuvent leur acheter à manger, leur donner des vêtements. Toi, tu prends ce qu'on te donne, tu laisses les adultes se débrouiller.

— C'est quoi le travail de maman ?

Parlons-en de ta mère. Léonie prend une longue gorgée qu'elle garde un peu dans sa bouche. Elle rêve de se laver les dents, les mots ont du mal à sortir de la cavité pâteuse. Sa langue se promène furieusement contre une molaire.

— C'est… – une très bonne question – ce qui fait qu'elle peut te donner à manger, et des jouets.

— Et toi, ton travail c'est de t'occuper de moi ?

— Voilà.

— Mais…

— Eulie, finis ton pain au chocolat. Il faut que je réfléchisse.

— C'est parce que c'est ton boulot que tu t'occupes plus de moi que maman ?

Léonie ne répond pas. La nausée monte, la flaque, l'odeur du sang. Il faut trouver un endroit où aller, on ne peut rien expliquer sur un bout de trottoir, et ce foutu portable se décharge vite. Elle reprend une gorgée d'eau, passe un doigt sur ses dents et crache.

LORE

JEUDI – 7 H 14, J – 11

Léonie n'est pas venue fermer le restaurant la veille. Son portable sonne dans le vide, le même qui semble avoir avalé le monde. Depuis qu'elle la connaît, Lore se prépare à ce scénario. Léonie est arrivée sans prévenir, elle repartirait par le même hasard. C'est naturel : ici, rien ne la mérite. Difficile de déterminer quand Léonie déciderait d'elle-même de se casser vers une vie plus spacieuse, mais ce jour arriverait. Lore avait déjà tenté de simuler le choc, pour s'y préparer. Dans son lit, elle plantait le décor, s'annonçait à elle-même que tout était fini. Elle se voyait arriver et attendre, et attendre tout en sachant. Puis elle rentrait chez elle, seule. Parfois, emportée par son lyrisme, elle se défenestrait.

Certains matins qu'elle affrontait seule, Léonie occupée à décuver ailleurs, Lore se disait : « C'est aujourd'hui. » Puis elle recevait un message, et Léonie ne l'avait pas abandonnée. Cette nuit-là, ni appel ni réponse.

Persuadée qu'avec toute cette préparation

mentale, elle parviendrait à faire face à la réalité, Lore déchantait. Alors qu'elle se pensait capable de résignation, elle avait espéré l'arrivée de Léonie jusqu'à la fermeture. À minuit, on l'avait jetée dehors. Va te reposer – ou reste devant la vitrine, à fixer ton écran comme une abrutie. Une petite qui travaillait en cuisine lui avait demandé si tout allait bien. Lore avait eu envie de la gifler, elle était partie. Elle a demandé à reprendre dès l'ouverture le lendemain, on lui avait imposé de n'arriver qu'à neuf heures.

Au bout du fil, le manager lui confirme que Léonie n'est pas là, ce matin.

Le jour s'est enfin levé, le service commence dans deux heures. Lore se dirige vers sa fenêtre, bien déterminée à vider son paquet. Elle veut s'occuper la bouche, retrouver son odeur. C'est un jeudi, Léonie a souvent envie d'elle le jeudi.

Lore se concentre pour retrouver l'image du sourire de Léonie ; il lui confirmera qu'elle n'a pas tout imaginé, pas cette fois. Elle ne l'a vu qu'à de rares occasions, la tâche est malaisée. Peu de choses procurent une joie visible à Léonie ; elle est heureuse de jouir, mais le plaisir ne dure que jusqu'à l'endorphine évaporée. Manger la satisfait, sans lui apporter de grandes extases. Elle n'a ni hobby ni passion. Lore recrache la fumée. Elle se rappelle la première fois qu'elle a vu Léonie parler d'amour. L'étirement des lèvres. Ce souvenir lui tord le ventre, impossible de s'en débarrasser. Léonie réserve ses sourires à Angela.

Une fois les cigarettes finies et la gorge abîmée,

Lore s'oblige à croire que Léonie va revenir, question de survie. Elle n'est pas venue travailler, elle ne répond pas à ses messages, mais elle n'est pas loin.

Lore jette un œil à l'heure, puis se dirige vers le canapé ; la main déjà en bas du ventre. Il n'y aura pas de jeudi sans orgasme.

ANGELA

JEUDI – 8 HEURES, J – 11

Huit heures du matin s'affichent en bas de l'écran. Le salon est encore vide, hormis Angela, roulée en boule dans le canapé. Elle savoure son retour, la télécommande bien serrée au creux de sa main. Elle a vu Léonie aux infos, une affaire d'enlèvement ; elle aurait emmené une gosse. Qui eût cru que son manque affectif pouvait aller jusque-là. Angela ne peut s'empêcher de rire à chaque fois qu'elle y pense. Ça la rend dingue d'imaginer que quelque part en France, des gens dépensent leur argent et leur énergie à rechercher ce qu'elle n'avait qu'à siffler pour voir accourir. Elle se dit que ça va bien leur prendre deux jours, Léonie aura eu la bonne idée de se cacher derrière une statue en place publique.

Angela a envie d'en parler, mais le chat des voisins constitue sa seule compagnie. Quel gâchis, pour une fois qu'elle connaît quelqu'un qui passe à la télé. Jalouse des yeux mi-clos de l'animal, Angela voudrait lui voler son calme. Son corps à elle se couvre de sueur par moments, les vagues d'angoisse se suivent, se ressemblent, n'en finissent pas. Le harcèlement est familier, elle se concentre de toutes ses forces sur un sujet léger.

Elle n'a pas entendu parler de Léonie depuis des années, reconnaître son visage à l'écran lui a fait un choc. Une photo peu avantageuse, probablement celle de son CV. Léonie n'avait pas les sourcils si fins dans son souvenir. De nouvelles poches violettes sous les yeux ; à part ça, c'est la même. Toujours ces cheveux courts, une dégaine de voyou, un reste de sourire. Un peu dérangeant de voir son adolescence exposée à des millions de Français. Cette image la ramène au lycée, et un peu plus tard. Elle l'avait aimée à l'époque. Elle avait aimé beaucoup de gens à l'époque.

Pour chasser la nausée, Angela se lance dans la reconstitution d'un rapport sexuel adolescent. Léonie avait excellé en la matière, ce qu'Angela met souvent sur le compte de sa propre inexpérience. Quelques minutes pour recréer un décor cohérent, autant faire dans le réalisme. Au moment de choisir le lieu, Angela bloque. Était-ce il y a si longtemps ? Où allaient-elles pour s'embrasser ? Quels meubles constituaient leur quotidien ? La pièce tourne, Angela doit bien admettre que ça n'a rien à voir avec l'élaboration de son fantasme. Chaotique, elle se dirige vers une porte. Laisse passer les contractions de sa gorge en se concentrant très fort sur l'image de Léonie.

VIVIANE

QUINZE ANS PLUS TÔT

Plus personne n'aurait osé l'embêter, mais elle était désormais si loin du regard des autres. Les seuls yeux qui avaient de l'importance étaient bleus et toujours à portée des siens. Sans qu'elle se soit vraiment ouverte au monde, un changement profond s'était opéré en Viviane depuis qu'elle avait une amie – et quelle amie. Comme si cette relation surréaliste l'avait enfin ancrée dans la réalité, fixée, validée.

S'ils n'avaient pas l'air d'apprécier cette nouvelle fréquentation outre mesure, les parents de Viviane s'enthousiasmaient à l'idée que leur fille soit normale, en fin de compte. Ils lui donnaient parfois un billet pour qu'elles aillent faire les magasins, et Viviane n'en parlait jamais à son amie, dont l'argent de poche suffisait à couvrir toutes leurs dépenses. Du reste, elles évitaient le centre commercial. Elles erraient dans les rues, marchaient des heures.

Un soir d'été, Viviane avait été invitée au dîner familial. À table, elles avaient un peu bu, et encore davantage, une fois les parents couchés. Toutes deux enfoncées dans le canapé, un film les surveillait. Sa meilleure amie lui avait dit qu'elle voulait essayer quelque chose, elle l'avait entraînée dans sa chambre. Tout en murmurant à Viviane qu'elle était belle – mensonge que même ses parents n'avaient pas eu le courage de proférer –, elle avait retiré sa chemise, s'était mise au-dessus d'elle dans le lit une place. Viviane n'avait pas su quoi faire, elle n'avait jamais vu un autre corps d'aussi près. On ne l'avait jamais cherchée jusque dans son jean, on ne lui avait jamais embrassé les paupières, le ventre, les cuisses.

JEUDI – 9 H 04, J – 11

Le véhicule banalisé dévale l'avenue. Mains crispées sur le volant, Viviane n'écoute pas l'agent Don Juan – cette plaie – énumérer les pistes qu'ils ont sur l'enlèvement. Elle n'a pas besoin d'indices, elle sait ce qu'ils cherchent, qui ils cherchent. Depuis douze ans, Viviane attend un alibi, une bonne raison de se venger.

LÉONIE

JEUDI – 9 H 27, J – 11

Le parc de la Villette a ouvert les yeux, le tramway a repris sa course, la foule est sortie respirer. Demeure le calme, l'impression que le temps s'est arrêté dans l'herbe ; le bout du monde au bout de la ligne 7. Depuis quelques heures, Léonie est concentrée sur son nouvel objectif de vie : ne pas pleurer, surtout bien fermer la porte à toutes les émotions. Non merci, je n'ai pas le temps de paniquer, ne repassez pas. La vie intérieure d'Eulalie lui demande moins d'énergie, elle tente de la dépenser par des sautillements muets, dissimule mal sa requête secrète. Léonie finit par demander : l'enfant veut aller voir les poneys. Elles approchent des écuries, l'endroit sent la paille et la sueur.

Dans la cour du poney-club, des enfants à rollers se font traîner par un shetland noir et blanc. Carrosses humains, ils dirigent l'animal en serpentines larges, répétitives, ils sont ravis. Accoudée à la barrière, Eulalie traverse un moment d'oubli total. Ses yeux brillants la transportent derrière la petite croupe, à son tour elle glisse sur la poussière. Léonie étouffe un bâillement.

Le ventre en vrac, elle décide de demander aux quelques mères au foyer, fascinées par le spectacle de leur talentueuse progéniture, si elles n'ont pas une pièce pour payer le métro. Mal réveillées ou naïves, elles se cotisent sans protester. Pas une n'objecte que deux tickets ne peuvent décemment pas coûter six euros, qu'il est gai d'aider son prochain. La quête achevée, Léonie attrape Eulalie par l'épaule et l'entraîne à la boutique du grand bâtiment un peu plus loin. Elle lui offre un poney en plastique, et roule ma poule. Elles passent la journée au soleil, Eulalie fait galoper son nouvel ami autour d'elles, jusqu'à l'épuisement de la bête et de l'enfant. Léonie la surveille un peu au début, puis son esprit s'envole vers le Sud.

Et si les deux neurones d'Hana lui avaient suffi pour avoir raison ? Léonie essaye d'imaginer Angela descendre les marches de l'église en robe blanche. Sa main peine à se lever, disparaissant à moitié sous une bague gigantesque, d'autres nanas blondes piaillent à côté, un garçonnet jette du riz partout en riant à gorge déployée. Léonie sourit, ça serait marrant de venir mettre un peu de bordel dans ce tableau. Qui est l'heureux élu ? Un homme, une femme ? Après tout, Angela ne s'est pas promise aux filles. Sous ses airs rebelles, c'est bien le genre à virer de bord pour faire plaisir à ses parents. Et si elle avait des enfants ? Et si elle était devenue laide ? Torturée d'incertitudes,

Léonie s'empresse d'envoyer un message à Cassandre.

« Est-ce qu'Angela est mariée, mère de cinq gosses et carrément tapée ? »

Une minute plus tard, elle reçoit : « Pas mariée, affolante, grave baisable. »

Classe inégalable de sa copine femme de lettres. Rassurée, Léonie n'en demande pas plus. Alors qu'Eulalie s'endort contre elle, Léonie rêve éveillée. Elle s'imagine déjà frapper à la porte encore marquée par ses ongles d'ado. Les yeux d'Angela s'écarquilleraient, de surprise, puis de joie. Elles se rouleraient des pelles sur le palier, tomberaient à moitié nues sur le canapé. Eulalie aurait le bon goût de regarder ailleurs. Léonie sent la respiration de l'enfant contre ses côtes, mouvement cyclique qui lui donne l'impression de ne pas rater sa vie. Angela va adorer Eulalie, et il n'y aura plus de questions ni de fuite, seulement de longues étendues de chaleur. La plus belle histoire d'amour, c'est elles. Encore quelques jours, encore dix jours à attendre.

Le soleil lui brûle le front et elle sent une odeur de transpiration percer à travers son haut. Hana aurait pu lui proposer de prendre une douche… Hana aurait pu ne pas les virer. Alors que Léonie sombre dans le sommeil, l'image de Viviane la force à rouvrir les yeux. Il ne faut pas que Viviane les retrouve avant le Sud. Léonie se redresse et appelle Cassandre. Eulalie frissonne dans son sommeil.

La décision d'emmener Eulalie chez Cassandre n'a rien de brillant, mais elle est prudente. Depuis quelques mois elles ne se parlent plus que par écrit, qu'importe, Cassandre a l'amitié fidèle parce que sélective. Elle admet peu de femmes et aucun homme dans sa garde rapprochée, et ce depuis le collège. À cette époque-là, pour remplacer un bras droit fraîchement expatrié, son dévolu s'était porté sur Léonie ; autant par affection mutuelle que par souci de ne pas se la mettre à dos. Elles se connaissaient un peu, sans mélanger leurs clans respectifs : princesses torturées chez Cassandre, punks décérébrées pour Léonie. Elles avaient tout laissé tomber l'une pour l'autre ; deux cheffes ensemble, réunion au sommet de la 3e.

À l'époque déjà, la popularité de Cassandre dépassait bien l'enceinte de l'école ; elle connaissait tout le monde dans la région, aussi bien qu'à Paris où elle était venue s'installer pour poursuivre d'interminables études de lettres. Cassandre a emménagé dans le VIe arrondissement : marcher où Jean-Paul a marché, être ivre où Françoise a été ivre, au plus près de ses idées, un rêve d'enfant. Sa porte est ouverte à tous ceux et celles qui voudraient se confier, elle n'est pas difficile. Dans son petit appartement se croisent des filles perdues, des garçons ennuyés ; un microcosme déglingué.

L'avantage d'une telle profusion de rumeurs et de liaisons à retenir tient au fait que Cassandre ne s'intéresse en rien à l'actualité extérieure à son monde. Sur l'écran plat de son salon, des clips musicaux passent en boucle ; on est loin de BFMTV. Mis à part un cancer du poumon, elles n'y risqueront pas grand-chose.

VIVIANE

DOUZE ANS PLUS TÔT

L'amour qu'elles se portaient ne connut aucun obstacle pendant deux ans. Hors d'atteinte, elles vivaient dans une bulle de tendresse, les mains entremêlées et le rire facile. Personne ne les comprenait, peu importe. Les préoccupations de leurs camarades – vêtements, popularité, chansons à la mode – leur paraissaient incongrues face à la nécessité pressante de découvrir l'autre et le monde. De la passion naissait l'énergie, ensemble elles voulaient tout voir, tout vivre.

Un matin d'été, elles avaient pris un train. L'envie de se rapprocher des arbres, de quitter ce qu'elles connaissaient pour quelques heures. Descendues à un arrêt au hasard, elles avaient suivi des lignes de chemin de fer désaffectées sous le soleil de midi. Leurs mains glissaient, trempées de sueur. La brune en short, la blonde en robe. Le monde avait été créé pour que cet après-midi existe, et les oiseaux pour accompagner leurs interminables débats. Elles n'abordaient que des sujets sur lesquels elles savaient partager le même avis, par pur plaisir de s'approuver mutuellement. Elles se passionnaient pour des idées légères ; il était bon d'avoir seize ans et d'être amoureuse de sa meilleure amie.

Encore impudiques comme on peut l'être avant de découvrir son corps, elles essayaient l'herbe, les graviers, les arbres. Leur appétit sexuel se développait, un monstre hyperactif à apprivoiser. Chaque lieu, chaque objet venait s'ajouter au terrain de jeu ; il fallait sans cesse inventer de nouvelles ruses pour le calmer, rivaliser d'imagination pour le nourrir. Viviane n'hésitait plus à disposer du corps affamé de toutes les nombreuses façons que son imagination lui dictait. L'inexpérience ne dit jamais non.

Elles vivaient ensemble dans la grande maison, les parents étant en déplacement la plupart du temps. Ceux de Viviane n'avait émis ni accord ni restriction, à peine ses parents se rendaient-ils compte qu'une assiette demeurait vide à l'heure du dîner. Quand d'aventure Viviane revenait passer une nuit chez elle, on ne posait pas de questions.

En haut de la chaîne alimentaire du collège, on subissait cette relation comme un malentendu. Il arrivait qu'elles soient invitées à des soirées, pièges à peine déguisés. À ces occasions, ils prenaient leur amie à part pour tenter de la raisonner. « Il est sérieux son nez ? » « Elle squatte chez toi parce que tes parents ont de la thune. » L'autre haussait les épaules, écoutant à moitié : tout ce qui n'était pas Viviane ne l'intéressait plus. Avec le temps elles apprirent à décliner ces propositions, comblées chacune par la présence de l'autre. Tout ce qui importait était que Viviane aime Angela, et qu'Angela aime Viviane.

ANGELA

DOUZE ANS PLUS TÔT

Le premier jour de lycée s'annonçait très ennuyeux : Viviane avait été affectée dans une autre classe et Angela savait que le clan du collège ne lui pardonnerait pas sa désertion. Prête à affronter la solitude pendant quelques heures quotidiennes obligatoires, elle s'était assise au fond, choisissant d'elle-même l'exil. Et puis elle l'avait remarquée, comme une adolescente qui aime les filles en reconnaît une autre. Peu de doute, et ce besoin compulsif de l'approcher, de lui faire comprendre qu'elle aussi, elle en est. La première image est encore assez nette : Léonie, peu discrète, roulant une clope dans les plis de son sac à dos. Les ongles vernis noirs balancent du tabac partout, une maladresse qu'Angela interprète comme de la nonchalance. Classe. Ce corps maigre moulé dans du cuir, le tintement de ses piercings, c'est immédiat ; Léonie l'excite. À sa décharge, Angela passe le plus clair de son temps à être excitée.

Il n'est plus question que de se faire remarquer par elle.

Angela se sait déjà belle, elle a l'habitude de ne demander qu'avec les yeux, de ne pas avoir besoin d'arguments autres que sa présence pour séduire. Quand il était devenu évident que Léonie ignorait jusqu'à son existence, la frustration l'avait rendue folle de désir, la dalle du siècle. Avant la rentrée, Viviane était son monde, le top du top de ce que la vie pouvait offrir. Avec Léonie, Angela avait découvert l'envie de séduire, l'odeur de la chasse. Le bonheur de rougir pour un regard, de se contorsionner sur sa chaise pour être aperçue, de guetter une nuque dans la masse constituée par les autres élèves. Il lui semblait que son cœur découvrait un nouveau mode de fonctionnement ; tout autre que Léonie lui était fade. L'infidélité, bassesse ultime et incompréhensible, devenait indispensable. Elle s'inventait déjà des excuses.

Jusqu'au jour où, après s'être résolue à lui rentrer dedans dans un couloir, elle avait senti que Léonie l'avait comprise. Elle traînait toujours avec l'écrivaine maudite, tendance grande prêtresse gothique du lycée : Cassandre. Une sorte de légende au bahut, celle à qui il ne fallait pas parler, mais plaire. Plutôt jolie, assez sensuelle, mais beaucoup trop hétéro ; pas moyen de s'emballer. Quand Cassandre avait approché Angela dans la cour, pour lui dire que Léonie l'attendait aux toilettes, si ça la tentait, double soulagement. Bien reçu. Le temps de se détacher les cheveux, Angela était arrivée un peu essoufflée. Léonie l'avait dévisagée de la tête aux fesses, elle était calme, impressionnante de lubricité. Elles avaient baisé pendant toute la pause, ensuite Léonie avait pissé devant elle et elles étaient retournées en cours.

Sans qu'elle puisse se l'expliquer, Angela ne s'était pas sentie coupable outre mesure. Elle avait confessé son crime à une amie, pour ne pas être tentée de le dire à Viviane, et sa conscience n'en avait pas été alourdie.

La semaine d'après, Angela avait proposé à Léonie de venir chez elle, histoire d'innover en termes d'ambiance. Elle avait déchanté. La rebelle de la cour de récré avait perdu son assurance en passant la porte. La motarde excitante était gauche, une vraie gamine. Incapable de rester en place, Léonie sortait des remarques débiles sur tout ce qui lui passait par la tête et sous la main. Elle attrapait un bibelot, le reposait n'importe où, toujours à deux doigts de casser quelque chose. Angela avait eu honte pour elle. Léonie avait tenté de justifier cette attitude ridicule par une gueule de bois, mais Angela sentait déjà la faille par laquelle tout intérêt allait s'échapper. Si le sexe avait sauvé les meubles, l'ensemble gardait un goût de déception. Angela avait arrêté de lui parler, et Léonie était tombée amoureuse.

Léonie l'avait harcelée, l'avait ramenée aux historiques toilettes. Elle avait dû sentir le danger, parce qu'elle ne s'était plus jamais laissée aller.

Angela l'aimait pour sa fierté énervée, son acharnement vulgaire, ses mots crus et les orgasmes à midi. Leur emploi du temps commun leur créait une vie à deux. Ces heures à se regarder dans les yeux et à compter les respirations, ces ciels déjà éteints quand elles se quittaient, ces rires pour un geste brutal vite réparé, ces jalousies quand elles savaient l'autre nue ailleurs ; au bout d'un mois elles s'appartenaient.

JEUDI – 11 HEURES, J – 11

Une voix de femme demande à Angela comment elle va, lui plante un baiser sur la main, lui raconte une anecdote inintéressante. Angela se renferme. Elle aimerait qu'on lui foute la paix, qu'on la laisse savourer le souvenir de son premier adultère. Elle regarde autour d'elle, elle voudrait retourner au lycée, ou au bar.

VIVIANE

JEUDI - MIDI, J - 11

— Léonie ? La grande aux cheveux courts, blonde ?

— Châtain.

— Si vous le dites.

Le gérant du fast-food s'affaire devant eux dans son uniforme impeccable qui pue la graisse. Il n'a manifesté aucune émotion quand la police est venue lui demander s'il pouvait répondre à quelques questions. Depuis dix ans qu'il travaille à Châtelet, il ne s'étonne plus de rien. Entre la drogue qui tourne, les petites amies jalouses qui viennent taper des scandales et des affaires plus glauques, il en a vu assez pour ne pas s'émouvoir. Sans parler des clients, de vrais mabouls. Il pourrait écrire un sacré film avec ce qu'il a vu dans le coin, alors c'est pas cette petite nana au grand nez et son copain Simplet qui vont l'inquiéter.

— Oui. Elle travaillait ici, non ?...

Viviane méprise ce type qui passe ses journées à servir des burgers. Il est costaud, rouge. Son cou disparaît dans un bourrelet. Le genre de mec qui doit batailler dur pour pouvoir baiser. En qualité d'ex-moche, elle n'a aucune pitié pour le laisser-aller. Elle se demande comment il voit Léonie, s'il la trouve mignonne, s'il s'est déjà branlé en pensant à elle.

Le ventripotent continue de ranger ses cartons. La friteuse l'a rendu sourd ou quoi ?

— Excusez-moi, ça vous embêterait de répondre ?

Le manager soupire, il regarde la flic droit dans les yeux. Avec sa carrure du Nord, il en impose un peu, elle se tient tranquille. Le mec, lui, n'a pas bien l'air de savoir ce qu'il fout là, avec son petit air sérieux et inquiet.

— Oui elle travaillait ici tous les jours. C'est écrit là.

Il balance un planning couvert de taches et de ratures. Reprend en soulevant un carton :

— Elle n'est pas venue depuis deux jours.

— Ça ne vous étonne pas.

— Non.

— Ça ne vous étonne pas quand vos employés ne viennent pas travailler ?

— Non.

— Et elle particulièrement ?

— Oui.

Les monosyllabes commencent à énerver Viviane. Elle inspire, et Don Juan prend la relève.

— Pourquoi ?

— Elle cachait pas qu'elle détestait bosser ici. Toujours à faire la gueule. Du coup, je l'avais foutue en cuisine histoire qu'elle déprime pas les clients. Elle était très copine avec la petite Lore.

— Très copine ?

— Vous voyez ce que je veux dire. J'ai muté Lore en salle, je ne voulais pas qu'elles fassent des saletés à côté des réserves.

— On peut parler à Lore ?

— Qu'est-ce que vous lui voulez ?

— Lui poser quelques questions.

Il hausse les épaules. Autant Léonie n'est pas une grande perte, autant ça l'embêterait de causer des ennuis à Lore. Une brave gamine, elle lui fait toujours des heures sup quand il faut. La flic n'a pas l'air commode, un peu trop agressive à son goût, du genre à créer le mal quand elle le trouve pas. Il pose un carton, c'est le moment de faire une pause.

— Elle bosse pas aujourd'hui. Essayez la semaine prochaine.

LÉONIE

JEUDI – 13 H 23, J – 11

Eulalie disparaît dans un grand pull gris volé chez Monoprix. La capuche lui tombe sur le nez ; elle ressemble à un petit éléphant. Léonie n'a trouvé qu'une paire de lunettes pour couverture, heureusement que les Parisiens se préoccupent plus de leur portable que de leurs voisins. Elle n'est pas rassurée, incapable de mesurer l'étendue des dégâts. Est-ce qu'ils vont reparler d'elles ce soir à la télévision ? Est-ce que sa photo va apparaître en première page de *Détective* ? Le trajet en métro lui paraît durer une éternité. Elle sent les regards sur elle et regrette la profusion de piercings qui orne ses oreilles. C'est bien une première pour elle, de vouloir passer inaperçue.

Enfin, les portes automatiques les crachent à Saint-Placide. La rue de Rennes ne désemplit pas, lieu idéal pour ne pas se faire repérer. Elles se dirigent vers le numéro 165.

Cassandre leur ouvre, sourire éclatant de mondaine expérimentée. Sans poser de question ni demander son consentement, elle se jette sur

Eulalie comme la faim sur le monde. Technique de la thanatose, l'enfant reste parfaitement immobile, regard fixe. Léonie voudrait lui promettre qu'elle n'aura plus jamais à se faire toucher par des étrangers. Cassandre finit par lâcher sa proie, elle a eu son quota d'amour maternel pour la décennie à venir.

Alors que Léonie se fait la réflexion que Cassandre devrait s'abstenir de procréer, l'autre entreprend de lui écraser les côtes. Ses étreintes sont longues et sèches, un peu inappropriées, réconfortantes.

— T'es seule ?

— Non, y a Éric qui fait la gueule au fond.

— Éric ?

— Mon mec.

Un grognement sonore confirme ses dires. Avachi dans le canapé, un garçon boit une bière blanche, les sourcils froncés. Il est plus jeune qu'elles, visage lisse et frais, lèvre inférieure pleine, tout droit sorti d'un film de Larry Clark. Un début de barbe laisse espérer qu'il est majeur. Il leur adresse un regard froid ; c'est le genre de mec qui donne envie de s'empaler dessus.

— C'est qui ?

— C'est Léonie et la petite qu'elle garde. Tu la connais Léonie, c'est la copine de Soso.

— Ex-copine, marmonne l'intéressée.

— Parfait, on va l'inviter.

Alors que Léonie se met en quête d'un verre d'eau, Cassandre plante une grande bouteille de grenadine devant elle.

— Tu m'as dit que tu venais avec un enfant, alors j'ai dit à Éric d'en prendre.

Nouveau grognement du groom. Ravie, Eulalie prend place dans un fauteuil avec son verre de sucre. Léonie l'observe quelques instants, et, ne la jugeant pas choquée outre mesure par ce changement d'environnement, reprend :

— L'inviter à quoi ?

Cassandre ouvre deux canettes de bière et se laisse tomber sur la moquette, invitant Léonie à en faire de même.

— Inviter qui à quoi ?

— Soso.

— Ah, elle. Tu croyais quand même pas que je laisserais passer l'occasion. On se voit beaucoup trop rarement – grognement d'Éric – pour ne pas t'organiser une petite fête.

Éric se lève et quitte la pièce. Léonie n'est pas gênée. Même si ça fait longtemps qu'elle ne la baise plus, elle a un droit d'ancienneté sur Cassandre. L'avis semble partagé par cette dernière qui ne cille pas quand la porte claque.

La bière aidant, Léonie affiche un sourire détendu. Elle aime les fêtes interminables de Cassandre, l'alcool et les filles faciles qui gravitent autour d'elles, les heures passées inaperçues. Elle a envie de coucher quelqu'un par terre.

Revoir Soso, en voilà une bonne idée. Comme toutes ses ex avec qui elle n'en a pas encore eu l'occasion, Léonie aimerait bien se la taper une dernière fois.

VIVIANE

JEUDI - 14 H 33, J - 11

— Viv ? On est arrivés.

Ils s'extirpent de la voiture et avancent vers l'immeuble moderne au bord du canal. Hana les attend, elle a fait de la tisane. Viviane s'autorise à la dévisager, à la recherche du moindre trait commun à Léonie qu'elle pourrait haïr. La même couleur terne de cheveux, les mêmes yeux fuyants. Les deux pourraient être jumelles, c'est très satisfaisant. La sœur a une jolie poitrine sous son débardeur à motifs aztèques. C'est quoi ces vêtements, elle a seize ans ou quoi ? L'odeur de ganja est tenace. Cette visite lui rappelle sa dernière descente devant un lycée.

Viviane accepte une tasse et reconnaît l'odeur de la fleur d'hibiscus. La tisane l'apaise, lui rappelle ses années d'études supérieures, elle en buvait beaucoup. Il paraît que la fleur d'hibiscus protège le cœur.

— Votre sœur est-elle entrée en contact avec vous ?

Hana hésite. Elle a mal à la tête, elle n'aurait

pas dû fumer autant ce matin. Viviane se dit que ça n'a pas l'air d'aller très vite, là-dedans. C'est peut-être dans les gènes. Hana inspire, soudain elle a peur d'avoir les yeux rouges. La pâteuse emmêle ses mots.

— Vous savez, on n'est pas très famille.

— Votre sœur est-elle entrée en contact avec vous récemment ? Pour vous faire part d'un problème ?

Hana ne répond pas. Des prises de position potentielles traversent son esprit. Elle ne veut pas nuire à sa sœur, tout irresponsable qu'elle est. C'est aussi ça, ne pas être très famille ; laisser chacun vivre et laisser mourir. L'ennui, c'est la petite. Léonie ne peut pas s'occuper d'un enfant ; sa dernière plante n'a même pas tenu deux semaines.

— Mademoiselle ?…

— Oui… pardon. Oui, Léonie…

Viviane ne s'attendait pas à la décharge de plaisir. Ce prénom prononcé de façon si familière la fait voyager dans le temps, matérialise l'ennemie. Elle voudrait que la visite dure des heures. Si la sœur met autant de temps à formuler chaque phrase, c'est probable.

— … est entrée en contact avec moi.

— Elle a kidnappé un enfant. Si vous savez quoi que ce soit, il faut nous le dire.

— Oui elle… elle avait une petite fille avec elle. Je ne la connaissais pas. Je ne sais pas où elles sont.

Viviane vide sa tasse sans respirer.

Une fois les intrus expédiés, Hana reste quelques minutes la main sur la porte, le vide intersidéral dans sa tête ne lui proposant pas d'alternative. C'est dans cette position qu'elle réalise que sa sœur est dans la merde. Sa sœur est dans la merde, et ça ne l'intéresse pas. Hana tente d'imaginer le pire, mais rien ne se déclenche, elle n'est pas triste, pas angoissée, incapable de se sentir concernée. Elle lâche l'affaire, tant pis, ça viendra peut-être plus tard.

Hana se laisse tomber sur un pouf, au moins sa mission citoyenne est accomplie. Il lui semble qu'elle a fait bonne impression, personne n'a pu soupçonner qu'elle planait à dix mille. La satisfaction du travail bien fait lui donne envie de rouler, mais elle s'abstient. Dans une heure, elle a rendez-vous avec Gilles. Il revient d'un mois d'humanitaire au Cambodge ; trop craquant.

LÉONIE

JEUDI - 19 H 11, J - 11

Cassandre a insisté pour les inviter dîner au McDo – dépaysant, se dit Léonie. Elle n'ose pas protester, pas la peine de mettre tout le monde au courant de son incroyable ascension sociale. Détendue par la chaleur grasse, familière, et l'odeur des frites, Léonie aide Eulalie à construire son hélicoptère en plastique. Très vite happée par ses préoccupations d'enfant, la petite se met à jouer sans plus leur prêter attention. Cassandre pianote sur son portable, ne semblant éprouver aucun besoin de meubler la conversation.

— Tu parles à qui ?

Le fond sonore ne suffit pas à remplir le blanc entre elles. Léonie sent l'angoisse monter, elle réalise qu'elle devrait être au boulot à cette heure-ci. Le fossé qui sépare ces deux derniers jours de sa vie réelle se creuse dans son ventre.

Cassandre marque un demi-temps pour comprendre la question et y répondre sans interrompre le mouvement de son pouce.

— À tout le monde. J'organise notre petite

sauterie. Tu savais que Flore et Soso vivaient ensemble maintenant ? Vous avez rompu y a quoi… trois mois ?

— Six.

— C'est marrant. Du coup j'invite pas Flore, c'est mieux.

Léonie ne demande pas quel plan foireux l'absence de Flore peut bien servir ; de toutes les façons, elle n'a jamais pu sentir cette fille. Ce n'est pas que Flore soit conne, ni même qu'elle soit moche, c'est viscéral. Flore fait une erreur à partir du moment où elle ouvre la bouche. Soso a mauvais goût en matière de filles, c'est pratique. Léonie s'impatiente à l'idée de la revoir et, si les astres et les verres s'alignent, de lui rappeler de bons souvenirs.

Léonie n'est pas dupe, Cassandre compte sur elle pour créer un scandale, pour secouer tout ce petit monde. Rien ne l'amuse autant que compliquer la situation, lancer les paris, et regarder des nanas chialer sur sa moquette. Elle crée sa propre série à domicile, choisit les personnages qu'elle veut voir dans cet épisode et en savoure les rebondissements. Telenovela oblige, il faut que ça hurle. Léonie se rappelle une soirée à laquelle Cassandre l'avait invitée quelques années auparavant. Vers six heures du matin, la moitié des invités pleurait, l'autre baisait. Désintéressées d'une activité comme de l'autre, Cassandre et elle observaient les autres en gobant des ecsta. Un peu plus tard, une participante active du premier groupe se défenestrait. Cassandre avait été soulagée qu'elle soit rentrée chez elle pour le faire.

— Et avec Éric, ça se passe bien ?

— Très. Pas bavard, mais bonne baise.

Léonie jette un coup d'œil à Eulalie qui ne semble pas avoir entendu.

— Il a l'air d'avoir du mal avec ton carnet d'adresses.

— Il déteste les lesbiennes.

— Pratique.

Cassandre hausse les épaules, son attention déjà reportée sur le clavier virtuel et ses multiples correspondances. Léonie la revoit à dix-sept ans, la même : cash, pas pressée de faire un effort. Cassandre ne tombe pas amoureuse et ne croit pas aux états d'âme. Elles se sont retrouvées au lit quelquefois, panne de fin de soirée. Léonie garde un souvenir angoissé de sa désinvolture, du côté self-service de la chose. Elle n'a plus touché une hétéro depuis.

L'avion d'Eulalie se brise contre la table. L'enfant rit, un peu de ketchup au bout du nez. Deux salles, deux ambiances.

— Alors… Viviane est de retour. C'est d'elle que tu me parlais.

— Bien vu.

— Qui t'a dit qu'elle revenait ?

— Une fille que Flore a chopée y a longtemps, qui bosse au commissariat du XVIIIe. Tu la connais ? Paraît qu'elle a une grande passion pour les brunes aux cheveux courts.

— Jamais vue. Pourquoi elle te dirait ça ? T'es pote avec Flore ?

— Non.

Cassandre pose son portable, évitant de justesse une flaque de ketchup. Les yeux plantés dans ceux de Léonie, elle traque la moindre expression faciale à interpréter.

— Je me demande si elle t'en veut encore, Viviane.

Léonie se force à sourire.

— Elle est dingue de moi.

Déçue, son interlocutrice retourne à ses moutons. Elle replace une mèche de cheveux et lâche, presque pour elle-même :

— Ça serait drôle que vous vous croisiez.

Léonie hausse les sourcils. Pas très drôle, non.

Sur le chemin du retour, quelque chose lui dit que tout ça n'est peut-être pas une très bonne idée, mais qu'au point où elle en est, autant ne plus se poser de questions. Alors qu'elles franchissent la porte, Cassandre lui prend le bras, la retient, juste une seconde, le temps de lui glisser :

— Je m'occupe de tout.

La fatalité de cette phrase apaise Léonie. Chacune son rôle, pour l'heure, elle a sommeil.

VIVIANE

SAMEDI – 6 H 04, J – 9

Les filles ont commencé à arriver le lendemain en début de soirée. Léonie et Eulalie lisent pour la troisième fois la même bande dessinée – *Les Blondes*, tome 2 – quand on sonne à la porte. Cassandre, trop occupée à profiter des inestimables qualités de son homme, leur laisse le soin d'aller ouvrir.

Derrière le battant se tient une fille immense, maigre comme un clou et cloutée de partout. Ses cheveux courts, blond peroxydé, sont plaqués en arrière par une épaisse couche de gel, des lunettes noires style aviator passées de mode masquent la moitié de son visage. Sans retirer la clope roulée d'entre ses lèvres, elle lance :

— Salut. Va ? C'est quoi ça ?

Eulalie recule prudemment, mais la géante lui tend une main amicale.

— 'Lut pitchoune. Tu t'appelles comment ?

Elle s'accroupit devant l'enfant et écrase son mégot sur le parquet. Eulalie tend une main solennelle.

— Eulalie. Et toi ?

— Virginie.

— Mais… c'est un prénom de fille…

La géante part d'un rire tonitruant, se relève et va prendre une bière dans le frigo. Bientôt, la sonnerie retentit de nouveau, ne s'arrête plus. Quand une dizaine d'invitées en quête d'ivresse et d'informations exclusives ont pris place dans le salon autour d'une Cassandre décoiffée et radieuse, c'est au tour de Soso de franchir la porte.

Minuscule, surmontée d'un épais chignon brun, elle entre seule, un peu trop de blush sur les joues. Elle aperçoit Eulalie, la pyramide de cheveux sur son crâne vacille. Léonie se demande si c'est le fait de la revoir, ou si Soso a elle aussi l'habitude de regarder les infos entre cinq et six heures du mat. Comme le visage de l'autre se recompose vite, difficile à savoir. Léonie la rejoint, sous le regard satisfait de Cassandre. Soso serre Léonie dans ses bras, sans un mot. Elle a changé de parfum, voilà qui est décevant.

— T'es collante, bouge, marmonne Léonie.

Vexée, Soso s'écarte, et part saluer les autres.

Elle n'a pas vraiment voulu la virer, mais ça fait bizarre de la revoir. Elle a l'air d'aller bien, rupture digérée, passée à autre chose ; il va falloir nourrir l'ego ailleurs. Tant pis, la soirée s'annonce bien.

Léonie s'est mise près des enceintes pour boire. Une techno alternative, bande-son résidente, lui assène des petits coups dans les tympans. Le temps que l'alcool lui monte à la tête, elle fume des cigarettes en discutant avec une rousse insignifiante. La fille a un accent anglais, aucune idée de son prénom ni d'où elle sort. Elle déblatère au sujet d'une école d'art et Léonie s'en fout, Soso est revenue. Encore vexée et bien trop sobre.

— Tu devrais passer un peu de temps avec la petite, avant qu'elle aille se coucher.

— Pour quoi faire ?

— Elle sait ce qu'elle fait ici ?

Léonie hausse les épaules. Elle n'a aucune envie de réfléchir. Les questions gênantes attendront. Pour une fois qu'elle est bien, elle a besoin de reprendre un verre.

— Pas maintenant.

— C'est vrai ce qu'on dit ?

— On s'en fout de ce qu'on dit. Attends-moi là, je vais la coucher.

— Il est même pas six heures.

— C'est pas une question d'heure. Je suis bourrée, je sais pas quoi en faire.

Dans la petite chambre dans laquelle Cassandre a déplié le canapé-lit, il y a une télévision. Excellente baby-sitter de remplacement, estime Léonie. Pour une fois que la petite va pouvoir regarder une autre chaîne que France 3.

Léonie allume l'engin et tombe sur un téléfilm policier. Elle cherche des dessins animés pendant quelques minutes, puis abandonne pour une rediffusion de *La Belle et la Bête* de Cocteau.

Elle ne connaît pas, c'est en noir et blanc, ça a l'air chiant. Tant que ça l'endort.

— Ça te va ?

Eulalie, roulée en boule dans un grand drap rose, hoche la tête. Elle suce son pouce, le rouge à lèvres ouvert dans l'autre main.

— Tu l'as pris où ? Dans le sac ?

— Oui.

— D'accord. Essaye de t'endormir devant le film.

— C'est quoi ?

— Je sais pas, mais ça a pas l'air de faire peur. Si t'as un problème, tu m'appelles.

— T'entendras pas…

— Mais si Eulie. Allez, à plus tard.

Elle l'embrasse sur le front et quitte la pièce. Elle sait que le regard de la petite la suit jusqu'au salon, mais elle réussit à le semer. Maintenant, la fête va commencer ; elle va pouvoir oublier. L'alcool rend la tache de sang moins menaçante. Léonie contourne des visages, curieuse, tout est un peu flou. Une fille qu'elle n'a pas vue depuis un temps beaucoup trop court vient lui tenir la jambe, puis la bouche. Léonie se laisse faire.

Cassandre ne boit rien, elle rit à gorge déployée au milieu d'un petit groupe de nanas perdues qui l'écoutent avec déférence. Pauvres filles. Éric est au supplice ; visage tordu, il erre, pas à sa place. S'approche lui aussi de la rousse, décidément, elle attire les cas désespérés.

Léonie déambule dans l'appartement. Les filles s'entassent, des corps faciles, rien d'intéressant.

Elle cherche un visage particulier, elle cherche de grands yeux noirs, une bouche qui bute sur les mots. Elle la trouve dans le couloir, vissée à son portable. Sourires.

— Tu parles à qui ?

— Flore.

— Tu t'en fous de Flore, elle est pas là.

Soso regarde Léonie, indulgente. C'est comme ça, difficile de l'oublier, même si elle la trouve pathétique avec son regard embué. Léonie la prend par la main et la rapproche. Elle sent ses fesses s'arrondir sous sa paume ; rappelez-vous, ensemble, on a fait de grandes choses. Elle presse ses lèvres contre la bouche fermée, se cale déjà entre ses jambes. L'autre se dégage un peu, mais Léonie insiste. Lui caresse le cou avec ses lèvres pour l'empêcher de partir. Le couloir s'est vidé, elle l'allonge et lui mord le ventre. Elle sent son odeur à travers les collants. Soso la fait remonter, elle préfère s'en occuper. Léonie entend le bouton de son jean céder, elle se laisse faire. Les doigts glissent mal. Elle s'enfonce sur sa main pour l'avoir au fond du ventre, mais elle ne sent pas grand-chose avec l'alcool. Quand même, elle est bien, elle ne veut pas que ça s'arrête. Reste à savoir combien de temps l'autre va tenir, parce qu'elle ne va pas jouir dans cet état.

Soso se casse sans prévenir. Léonie ouvre les yeux, se relève. Elle s'est un peu endormie. Dans le salon, elles vont reprendre une bière. Soso lui demande de ses nouvelles, comme si elles étaient amies.

— Je pars dans le Sud.

Soso roule des yeux. Ça faisait longtemps. Léonie décide d'ignorer le ridicule de la situation.

— Ça fait dix ans, elle m'attend. J'ai tellement hâte de la voir. Le seul truc qui me fait tenir, c'est de savoir que dans dix jours, je vais la serrer dans mes bras.

Les mots sortent mal, elle est plus ivre que prévu. Tant pis, elle n'essaye pas de prouver quoi que ce soit à Soso, au contraire. Depuis qu'elles se connaissent, plus c'est trash, moins elle le lui cache.

Aucun souvenir de la première fois qu'elle a croisé la route de Soso, mais elle se rappelle parfaitement leur premier rendez-vous. Elles s'étaient retrouvées une nuit en banlieue, sur les quais de Seine ou d'un autre fleuve. Soso était raide, Léonie avait la dalle. Elles ont dû se plaire à un moment, parce que Léonie s'est retrouvée allongée sur les pavés d'une petite cour intérieure. Inconfortable, mais nécessaire. Comme ce soir chez Cassandre, elle n'avait rien senti. Elle avait adoré ne rien ressentir, une autre forme de plaisir. Elles avaient remis ça, dans des circonstances plus ou moins inconfortables et plus ou moins nécessaires. Coucher jusqu'au couple, parce que c'était plus simple que de se contrôler. Puis Léonie avait de nouveau eu envie de ressentir, et elle était partie. Période très pénible pour tout le monde. Soso avait été la preuve qu'il y avait tout de même un peu de mal à se faire du bien.

— Et la petite ?

— Eulalie.

— Elle est au courant de ton beau projet ?

— Mais lâche-moi avec ça.

Parce que bon, hein. Léonie tente d'ajouter un argument, vraiment bancale sur ses deux jambes et pas plus de neurones.

— C'est mon problème.

— Pas seulement, Léonie.

Ce en quoi elle n'a pas tort. Le regard gris dans le vide, mauvaise foi et alcool ne font pas bon ménage.

— Je vais pas la laisser là. On sera bien toutes les trois. Je vais lui faire un bisou.

— Arrête, tu vas la réveiller.

— Mais non, ça va lui faire plaisir.

— T'es lourde.

Elles entrent dans la chambre. Le film est fini, maintenant c'est une femme flic à la poursuite d'un mari violent. L'affaire se passe près d'Antibes et Léonie y voit comme un signe, elle tient à en voir partout.

Docile, Eulalie s'est endormie, un filet de bave coule entre ses lèvres d'enfant. Léonie tombe un peu trop lourdement à côté d'elle, mais ça ne la réveille pas.

— Je vais l'emmener. Ça va être parfait.

Elles s'allongent et regardent le téléfilm. Elles rient, et Léonie se sent plus calme. Elle met son apaisement sur le compte de l'alcool et du sexe. Elle voudrait encore prendre Soso, la mettre à quatre pattes. Elle s'endort la tête contre son ventre, si près du but.

ÉRIC

VENDREDI – 21 H 59, J – 10

Il ferait n'importe quoi pour attirer son attention, il ferait n'importe quoi pour vider cette pièce. Il ferait n'importe quoi pour Cassandre, alors il fait effectivement n'importe quoi, et ça ne change rien. Il n'a pas encore déclaré forfait, mais devine – il est doué pour ça – que son existence ne laissera pas de marque durable entre ces murs, privilège réservé à tout ce qui est féminin. Il sent le regard de Léonie vissé à sa tempe alors qu'Isabella se déshabille, il en rajoute, s'il peut la baiser avec des mots, devant tout le monde, s'il peut mettre Léonie mal à l'aise, pourquoi se priver. De toutes celles qu'il a vu défiler, aucune ne lui a fait si mauvaise impression. Du son de sa voix à ses hanches pointues, tout chez Léonie le blesse.

Il ignorait l'existence de cette fille jusqu'à la découvrir en toutes lettres dans un des carnets. Il revoit encore le prénom à l'encre, de la main de Cassandre qu'il ne veut que sur lui. Elles se connaissent bien, c'est perceptible dans le ton de leurs voix et la façon bien à elles qu'elles ont de s'ignorer. Cassandre pense qu'il est bête, c'est faux. Il y a beaucoup de choses hors de sa portée. Pas le langage corporel. Ça, il connaît. Il sait voir les gens qui regardent les autres autrement qu'avec leurs yeux. Quand il n'y a plus besoin d'analyser l'apparence, d'enregistrer quelque information visuelle que ce soit. Quand Cassandre envisage Léonie, toute une histoire dans l'iris et dans la bouche, il sait qu'elles sont acquises l'une à l'autre.

Il sait aussi que Cassandre la regarde avec la tête, mais sans le corps, c'est déjà ça. Il n'y a que lui que Cassandre regarde avec son ventre. Lui et l'immense fille aux cheveux platine. Il n'est pas jaloux d'elle, il ne fait pas le poids. Ce n'est pas le regard le plus doux, mais c'est le sien. La rousse c'est autre chose. Là, à travers le whisky, elle le fixe avec sa chatte.

Sans avoir trouvé de prétexte, il lui prend la taille. Elle est légère, vulgaire, bruyante. L'opposée, c'en est risible. Éric la claque contre une porte, elle glousse. Il a presque honte, tellement c'est facile. Puis repense à Cassandre, à ces filles qui lui caressent le genou en alternance, et lui fait sauter un bouton. Elle glousse encore. Faudrait-il l'abattre ? Plutôt se cacher. Cette fois, c'est la porte qui cède. Ils tombent, et elle crie. L'enfant. Minute de flottement.

Il vire la rousse. Recroquevillée dans son lit, Eulalie lui adresse un regard de reproche. Il sent dans la tension de ses pieds, qu'il ne peut pas voir, mais c'est tout comme, qu'elle ne lui fait pas confiance, qu'elle ne l'aime pas, qu'elle n'aime personne, d'ailleurs. Ni sa mère, ni les gens de son école, ni Léonie, et surtout pas, surtout pas les femmes qui les entourent. Il respecte ce choix. Il respecte ce choix parce qu'il n'en a pas, parce qu'il sent la colère en elle. Dans le corps qui disparaît, trop petit pour ce qui l'entoure, il ressent plus de violence qu'il n'en a vu de sa vie. Physique, psychologique, morale, aussi multiple que crue, elle n'a encore que les limites de la taille. Pas loin de penser que si elle grandit, il faudra écarter les façades des immeubles pour la laisser passer. Il se demande comment elle peut rester silencieuse, comment elle peut garder en elle tant d'énergie négative, et contre qui elle va se retourner, le jour voulu. Il lui indique d'un frémissement de la mâchoire qu'il fera tout pour ne pas être là. Pendant quelques instants ils se dévisagent, et c'est la conversation la plus intéressante qu'il ait eue depuis longtemps. Puis, elle lui apprend le besoin de dormir de la paupière, appuyée par l'envie de mordre, discrète, dans le pli de ses lèvres. Bien compris, gamine, je m'en vais.

Les soirées sont des agressions. Les corps butent autant sur le langage que les participantes sur les mots. Il voit trop de mains, trop de bouches, trop de sons. Un véritable gâchis de mouvement, saturation, manque de lisibilité. La solitude est palpable, trop de messages à lire, tous semblables, tous des répétitions, des synonymes d'« aime-moi », et ce n'est pas étonnant que rien ne se fasse ni ne puisse être échangé, quand c'est demandé comme ça. De l'autre bout de la pièce, il entend les hanches d'Isabella le rappeler, tourne le dos, lui aussi il sait être cash. Et face à lui, le spectacle désolant du couloir, Léonie, dont le corps supplie qu'on la laisse, qu'on lui foute la paix, intime le contraire du bout des lèvres, une conviction toute mentale, jeu et illusion du cerveau noyé. Et Soraya lui répond la même chose, mais en plus poétique. Le dialogue est compliqué, embrouillé, même au sein de chaque corps, c'est la lutte pour s'exprimer. La bouche qui a soif, les yeux qui ont peur, le ventre qui fuit, et les jambes, premières victimes de la situation, incapables d'emporter le corps plus loin.

Il se dirige vers la chambre. Attrape un T-shirt au hasard sur le sol, se laisse tomber dans les draps. Il respire Cassandre de toutes ses forces, le mélange de parfum et de sueur, l'odeur de sa bouche et de leur vie ensemble. Il respire pour oublier la laideur des gens, l'angoisse à l'idée que tout ce qui n'est pas Cassandre ne puisse jamais provoquer en lui rien d'autre qu'ennui et dégoût. Il se sent acculé et pourtant, il a lu dans son corps qu'elle le voyait. Éric gonfle le ventre, respire, s'endort.

LÉONIE

SAMEDI – 6 HEURES, J – 9

Quand Léonie se réveille, il n'y a plus qu'Eulalie dans le grand lit et la télévision est éteinte. Pas un mot ni – elle vérifie quand même – un message. Léonie a la bouche très sèche, rampe hors du lit à la recherche d'eau. Il y a encore de la musique dans le salon, le jour se lève et Virginie – la géante – tire sur un énorme joint. Elle adapte sa défonce à son physique, c'est cohérent. Cassandre lui sourit, toujours son portable entre les mains.

— Raconte !

— Pour Soso ? J'ai rien senti.

Difficile d'admettre que ça la fait chier de se réveiller seule.

— Elle est partie il y a une heure, lui indique Cassandre qui lit dans les pensées.

Léonie ne répond pas et s'approche de l'évier alors que l'autre se lève pour aller tirer sur le joint. Le portable de Cassandre vibre sur la table. Léonie se penche pendant que l'eau coule.

« Viviane : *Elle a une petite fille avec elle ?* »
« Viviane : *Réponds putain !!* »

Le sang se retire de son corps. Elle fait tomber le verre d'eau qui explose sur le carrelage. Elle tremble de colère et de peur, se retourne vers Cassandre qui lui fait des yeux ronds de connasse.

— Tu… putain… tu as dit à Viviane que j'étais chez toi ?

— Mais… ouais. Je me suis dit que ça serait marrant… que vous vous croisiez. Tu vois.

Elle ne voit pas, non. Léonie essaye de retrouver une respiration régulière. Elle a toujours aussi soif. Putain de chercheuse de merde à deux balles.

— Je vais te la faire courte. La petite, je l'ai récupérée quand sa mère a eu la bonne idée de se péter les veines dans la cour de l'immeuble. Maintenant j'ai les flics au cul et j'ai pas que ça à faire d'aller en taule, tout ce que je veux c'est aller dans le Sud bordel mais t'es vraiment trop conne, Cassandre.

L'autre reste figée, partagée entre la honte d'être allée trop loin et une excitation intense. C'est pas tous les jours que les flics vont débarquer chez elle. Léonie attrape son sac à dos.

— Faut que je me tire putain, elle va être là dans deux minutes, cette malade.

La géante se lève et éteint son joint, sereine.

— J'ai une caisse, je peux vous emmener.

Léonie la prendrait dans ses bras, mais elle se contente de répondre : « Ouais. » Elle fonce dans la chambre et réveille Eulalie, qui va finir par en avoir marre des réveils à l'aube pour changer de planque. Quel merdier. Pas le temps de la mettre sur pieds, Léonie la porte jusqu'à la sortie. Elle n'a pas un regard pour Cassandre qui n'ose pas récupérer son précieux téléphone.

Dehors il fait frais. La voiture est garée juste en bas, elle est très propre, ce qui étonne Léonie. À l'intérieur ça sent un peu l'herbe, mais elle ne va pas faire la difficile, surtout qu'elle a envie de fumer, là tout de suite. Elle cherche l'ombre de Viviane dans chaque voiture qui passe devant elles, elle n'arrive pas à calmer ses mains qui tapent nerveusement sur ses cuisses. À l'arrière, Eulalie se frotte les yeux et cherche le rouge à lèvres. Il est resté chez Cassandre. Elle se met à pleurer.

— ARRÊTE DE PLEURER PUTAIN !

Dans son mouvement d'exaspération, Léonie s'est cogné la main contre la boîte à gants. Douleur inutile, il ne manquait plus que ça. Eulalie se cache dans le grand pull à capuche et continue en silence. La géante ne dit rien, mais sort des bonbons de sa poche et en tend aux deux passagères. Léonie a trop mal à la tête pour réfléchir, elle aimerait que la voiture dévale les quais et tombe dans la Seine par accident. Solution de facilité.

— Tu m'emmènes dans le Sud ?

Virginie rigole et s'allume une clope. Léonie n'a jamais vu quelqu'un d'aussi calme, peut-être qu'elle est juste super raide.

— Je dépasse pas la banlieue proche, fais ton choix, ça te laisse pas mal d'endroits.

— Tu nous emmènes chez toi ?

En disant « nous » elle se sent mal pour la petite qui pleure derrière. Elle aurait dû penser au rouge à lèvres. Elle se sent impuissante, inutile. Elle voudrait que la géante prenne soin d'elles, qu'elle la réchauffe, qu'elle la mette dans un bain et qu'elle lui lave les cheveux. L'autre s'amuse à faire des ronds épais qui s'écrasent contre le pare-brise.

— Dis donc – elle évite la question –, t'as l'air de t'être fourrée dans un sacré pétrin. C'est quoi ton plan ?

Léonie s'allume elle aussi une cigarette, pour avoir l'air plus mûre et plus sérieuse. Malheureusement, si la dose de goudron peut accélérer le vieillissement de sa peau, il n'en est pas de même de son cerveau. Elle sent que tout ce qui va sortir de sa bouche va être de grosses conneries. Il fait jour maintenant, la lumière froide la fait frissonner.

— Je dois être dans le Sud dans neuf jours. Du coup il me faut quelque part où dormir pendant encore une semaine. Quelqu'un que la police ne va pas aller voir. Et le huitième jour, on se tirera dans le Sud.

— Pourquoi pas avant ? Tu penses vraiment que la personne que tu dois aller voir, ton ex ou je ne sais quoi, elle compte les jours ?

— Évidemment qu'elle compte les jours. C'est

pas de l'approximatif, cette relation. C'est des trucs d'évidence, de destinée. C'est pur.

— Pourquoi tu ne leur rends pas la petite ?

— Ils vont me foutre en taule. Une des deux flics, là, c'est une fille qui m'aime pas. Elle fera n'importe quoi pour que je m'en tire pas – elle tire longtemps sur sa cigarette. N'importe quoi.

— Eh bah.

Quand la géante sourit, rien n'a l'air grave. Elle fait partie de ces gens qui donnent l'impression de savoir ce qu'il va se passer, de prédire que tout ira bien et que ce genre de problème, c'est rien à l'échelle du monde, à l'échelle de la vie.

Elles roulent depuis une dizaine de minutes, Léonie bâille. Elle a vraiment envie de fumer quelque chose qui l'apaise. Elle demande à la conductrice, qui lui répond sans la regarder.

— On n'est pas en soirée, pitchoune. Dis-moi plutôt où je te dépose. T'as bien quelqu'un de confiance dans toute cette ville.

— S'il te plaît, reste avec nous.

Elle se sent tellement fatiguée, elle veut rouler très longtemps. Pour la première fois depuis une éternité, elle se repose sur quelqu'un d'autre. Elle se sent légère. L'idée de se retrouver en tête à tête avec Eulalie la terrifie. Comment est-ce qu'elle a pu oublier ce rouge à lèvres ? Elle demande à la petite d'emmener deux choses, et elle en oublie une en chemin. Tout comme elle a oublié que pour Cassandre, l'amitié a une valeur très secondaire face à l'opportunité de créer un scandale.

La géante l'observe avec douceur. Ça la travaille, ça se voit qu'elle ne veut pas les laisser dans la merde. Après quelques secondes, elle hausse les épaules, accélère et prend le périphérique.

— Vous restez une journée. Demain à la même heure je vous dépose à Paris et si t'as personne, tant pis. Je veux pas d'ennuis.

Léonie lui sourit et s'endort dans son merci. Virginie allume la radio et met Nostalgie. Elle aime conduire quand il est très tôt. Sur les routes encore dégagées, elle peut croiser les poids lourds, les vrais conducteurs, pas ces fourmis qui vont bosser dans leurs tours. La petite a disparu sous le pull, l'autre ronfle un peu à côté. Drôle d'équipe, elle se dit en allumant une cigarette. La voiture avale l'autoroute, Balavoine chante ses chagrins. Elle a hâte d'être à la maison. Toutes ces émotions, c'est vraiment pas pour elle.

SORAYA

SAMEDI, TRÈS TÔT MAIS TROP TARD, J – 9

Elle pensait qu'avec tout ce qu'elle avait bu, elle n'aurait aucun mal à s'endormir. Raté. Un mélange de nausée et de culpabilité l'oblige à garder les yeux ouverts. Les rideaux sont trop fins, le réverbère d'en face lui permet de compter les taches au plafond. Son meilleur pote se retourne dans le lit. Ils vivent et dorment ensemble, c'est le deal qui leur permet de payer le loyer. Depuis Flore, la situation est plus simple, mais elle n'a pas trouvé la force de rentrer.

C'était nul, elle s'en souvient à peine. Reste l'image de Léonie se relevant, un peu perdue, mais les faits – doigts, soupirs, baisers – sont déjà insaisissables. Elle ne fait jamais ça. Elle ne va pas en soirée coucher avec ses ex, ou avec qui que ce soit d'ailleurs. Elle est droite, elle aime sa copine. Elle ne peut pas le dire à Flore et ça la tue, parce qu'elle dit tout à Flore.

Soraya se lève et rampe jusqu'à la salle de bains. Le néon lui renvoie une image affligeante, teint de cendre et œil fuyant. Il lui faudrait un joint ou un rail de coke pour aller mieux, mais l'heure est à d'autres remèdes. Chignon qui tangue dangereusement, elle se penche au-dessus de la cuvette. Enfonce un doigt, se concentre sur ce qu'il s'est passé. Purge. Comme ça ne vient pas, elle s'assied. Ferme les yeux. Imagine que la lumière qui brûle ses paupières, c'est un soleil d'août à Berlin. Elle repense à ce qu'elle vient de faire, et les détails lui reviennent. Elle se fait jouir, masturbation thérapeutique.

LORE

SAMEDI – 2 H 02, J – 9

Elle manque la serrure deux fois, finit par comprendre que c'est la mauvaise porte, ajoute un étage à son itinéraire. Ce n'est même pas qu'elle soit vraiment saoule, mais au point où elle en est, toutes les portes, toutes les rues, toutes les filles se ressemblent. Elle se dit qu'il faudrait mettre ça par écrit, c'est si peu original que ça en deviendrait universel. Lore pousse la porte, retrouve le chez-soi bien connu, bien essoufflé, bien silencieux. Le rien absolu. Rien à faire, rien à boire, rien à dire. C'est dans ces moments-là qu'elle voudrait connaître un air au piano, mettre du lyrisme dans son désespoir, extérioriser autant qu'elle subit.

En place de concertos, c'est une suite pathétique d'appels dans le vide et de bières bues d'un trait.

Le départ de Léonie l'a mise face à son emploi du temps – voir Léonie, attendre Léonie – désormais désespérément vide. Difficile de déterminer ce qu'elle faisait avant, peut-être qu'elle attendait de commencer. Désœuvrée quand on lui dit de rentrer chez elle – et on le lui dit avec enthousiasme, comme si le fait de regagner un studio vide aux draps froids et bien lisses pouvait être une source de bonheur –, Lore passe ses nuits dans les bars de filles. Il y en a peu, alors on la reconnaît, parfois. Elle y est mal à l'aise, mais moins qu'à tourner en rond dans sa tête.

Quand Lore passe la porte, les regards la suivent jusqu'au comptoir. Parfois on la désigne du doigt à une amie, regarde, c'est la blonde que j'essaye de me faire. La blonde n'est pas sourde, et tu peux toujours courir. Lore s'accoude, commande des pintes qu'elle ne compte pas. Elle n'aime pas spécialement l'alcool, encore moins l'abrutissement qu'il provoque ; il faut bien que la nuit passe. Souvent, une nana un peu ivre vient lui parler et lui proposer la suivante. Lore accepte le verre, s'excuse auprès de la fille. Il lui arrive de se faire aborder par une qui a l'air très bien : beau sourire, un peu d'intelligence et de gentillesse ; mais qu'est-ce que cela change ? Une fois saoule, Lore rentre seule au studio, se laisse glisser sur son lit défait de la veille, et se promet de rester chaste jusqu'à son dernier jour. Elle est bien partie pour.

Le gérant parle de la promouvoir. Si ça lui fait plaisir ; elle n'a besoin de rien. Peut-être qu'elle s'offrira un chat pour nettoyer sa carcasse quand elle aura disparu, sans bruit dans la nuit. Le cynisme ne lui ressemble pas, il la vide de son énergie, tant mieux. Désormais l'humour noir bas de gamme et la nausée l'accompagnent partout. Si le manque de Léonie ne la tue pas, son hygiène de vie finira par s'en charger. Cette pensée la réconforte au moment de s'endormir.

VIVIANE

VENDREDI – 23 H 50, J – 10

Range son portable dans sa poche. La fatigue la met d'une humeur de chien, mais impossible de dormir. Si elle ferme les yeux un instant, la vie fait marche arrière.

DOUZE ANS PLUS TÔT

Leur entrée en seconde avait marqué la première séparation avec Angela, l'une étant bonne en maths et l'autre médiocre en tout. Forcée de revenir vivre à la ZUP par des parents soudainement intéressés par ses notes, Viviane passait ses nuits à imaginer de quelle façon rendre chacune de leurs retrouvailles exceptionnelle. La créativité sans bornes de la secrétaire du lycée ne leur permettait que rarement d'arriver ensemble le matin, ou de se retrouver le soir ; elle s'en accommodait, retrouvant la solitude comme une habitude désormais supportable par son aspect éphémère.

Un matin, une gamine de quatrième était venue la voir. Comme ça, direct, elle avait traversé la cour. Viviane avait commencé par se décaler, peu habituée à ce qu'on s'approche autant. Elle écoutait quelque chose de triste sur son iPod en pensant aux hanches d'Angela, alors elle espérait que c'était une erreur, qu'elle n'aurait même pas besoin de mettre sur pause.

Hypothèse des plus réalistes, qui s'était pourtant révélée fausse. L'enfant avait insisté, s'était accrochée à sa manche. Brûlée par le contact de l'inconnue, Viviane avait retiré les écouteurs, prête à décamper.

— Quoi ?

— C'est vrai que t'es lesbienne ?

Sueurs froides. Sensation d'être plaquée contre un mur et maintenue de force. Personne ne lui a jamais posé la question sans la présence impertinente d'Angela pour couper court. Viviane dévisage l'enfant et, comme face à un insecte, ne réalise pas que l'autre est encore plus effrayée qu'elle. Alors qu'elle cherche des mots dans sa tachycardie, l'image en face d'elle s'imprime dans son esprit. La fille est petite – Viviane mesure bien à l'œil –, mais plutôt grande pour son âge. Difficile d'observer ses yeux parce qu'elle s'emploie à cacher les siens, alors elle les verra toujours verts dans ses souvenirs. Queue-de-cheval basse, pas beaucoup de style, mais ça, Viviane ne peut pas en juger. Ce qui ressort le plus de toute la scène, de cette attente, interminable pour l'une et beaucoup trop courte pour l'autre, c'est la volonté qui émane de l'intruse. L'expression du visage, très, très sérieuse. Elle pourrait s'abstenir de parler, l'ordre est dans sa lèvre tordue, la frustration que forme l'arc de ses sourcils. Viviane est trop lente, trop lourde pour bouger, mais dans sa tête, elle court le plus vite et le plus loin possible.

Au ralenti, Ioulia voit la fille lui jeter un regard tendu, incertain, et lui tourner le dos. Elle a envie de la tirer par sa veste informe, de toutes ses forces. De lui expliquer qu'elle ne lui veut aucun mal, au contraire. Elle sent un litre de sueur lui inonder le ventre, alimenté par la honte et la colère qui commencent déjà à lui tremper le cou.

IOULIA

VENDREDI – 19 HEURES, J – 10

Elle sèche les larmes qui collent les cheveux de sa fille à son front. La berce, sereine, ignorant la vibration de ses tympans blessés. La petite chose renifle, se débat un peu, et puis, c'est une enfant : elle crie très fort, pleure un peu, après quoi elle a faim, mange et s'endort. Il va être temps de passer à l'étape suivante, Ioulia se penche pour ouvrir le placard. Un bout de gâteau dans la bouche, Zoya regarde sa mère sans la voir, l'œil encore embué.

Ioulia la reprend dans ses bras. Porter sa fille de six ans pendant des heures n'est pas un problème ; petite, elle soulevait déjà des meubles avec autant de facilité que ses cousins aînés. C'était la star du groupe d'enfants, celle qu'on défiait au bras de fer, qui portait des sacs de pierres sur des kilomètres par défi. Ce soir ce n'est pas par jeu qu'elle presse la gamine déjà grande contre son cœur, elle a besoin de réconfort. C'est une journée surprenante, et comme elle est russe, elle ne croit pas au hasard.

SAMEDI – 8 HEURES

Devant l'école primaire, à huit heures du matin. Est-ce qu'elle oubliera un jour ce moment ? Si le souvenir de leur première rencontre demeure aussi vif, comment pourrait-elle en oublier un plus récent ? Et comme la première fois, le regard de l'autre s'est déposé sur le sol, sur le ciel, les passants, mais pas sur Ioulia.

Lui serait-il jamais possible d'attirer l'attention de Viviane ? Ioulia fait entrer son visage dans le miroir sur le mur. Tente de se voir avec des yeux extérieurs, de comprendre ce qu'il lui manque. Rien, répond le miroir, tu es parfaite. Les traits durs, mais fins, précis, comme tracés au cutter. D'une main, elle détache ses cheveux bouclés, épais, réussis jusqu'à la couleur, un brun réconfortant, entre le chocolat et le noir. Belle bouche, ronde, sans marquage au centre, déjà en forme de baiser. De tant de beauté, elle n'aura pas fait grand-chose. Elle aura fait Zoya.

Devant l'école primaire, à huit heures du matin, Viviane a traversé la rue. Ioulia l'a reconnue tout de suite, parce qu'elle continue de la suivre comme elle peut, d'une page Facebook à une autre. Même si l'autre n'est pas très généreuse en images numériques, il suffit à Ioulia de savoir qu'elle existe, et qu'il est possible de forcer son regard. Se transposer à l'objectif, pousser ce qui encombre, fixer à travers le temps.

Viviane était bien devant l'école primaire, à huit heures du matin. Difficile de savoir si elle a changé depuis leur dernière rencontre ; les photos glanées ici et là ont fini par remplacer les souvenirs de collège. Viviane discute avec un type qui porte le même uniforme de police qu'elle, indifférente à ce qui les entoure. Sur le trottoir d'en face, Ioulia la dévore du regard. Même si Viviane se retournait à exactement vingt-cinq degrés et qu'elle plantait ses yeux dans les siens, est-ce qu'elle la reconnaîtrait, celle à qui elle a tourné le dos douze ans plus tôt ?

Une petite main la tire de toutes ses forces vers l'avant et arrache Ioulia à ses interrogations. Zoya s'impatiente, elle veut rejoindre ses copines. Avant de céder et de passer le portail, Ioulia mémorise la date et l'heure. Ce n'est pas un jour comme les autres : ce soir, il y a l'enterrement de la mère d'Eulalie, la petite de l'autre classe de CP. Elle a disparu le jour où sa mère s'est suicidée, personne ne sait où elle est. Pauvre gosse. Zoya l'appelait sa meilleure amie, pourtant elle ne pose pas beaucoup de questions. Il paraît que les enfants en parlent entre eux, qui sait ce qu'ils s'imaginent.

Alors qu'elle reboutonne sa chemise noire et qu'elle presse un peu trop fort la main de sa fille, Ioulia se demande si Zoya comprend ce qu'il s'est passé, et si un jour elle reverra son amie.

21 HEURES

Il n'est plus huit heures et l'école primaire est fermée depuis longtemps. Ioulia y est retournée après le dîner, mais Viviane ne l'avait pas attendue. Ce n'est pas étonnant ; c'est triste.

Son oreiller fait un angle improbable, impossible de l'arranger. Le lit ne l'apaise plus comme avant. Il lui faut parfois des heures pour s'endormir, mais ce soir elle a hâte d'éteindre la lumière, de passer à une autre date sur le calendrier. L'enterrement était rapide, peu de monde. Elle n'a pas pleuré, Pauline ne lui manquera pas.

Avant de fermer les yeux, Ioulia espère que les choses sont allées dans le bon sens pour Viviane. Que cet amour, qu'elle avait refusé, lui a porté chance par sa persistance au fil des années, que ses rêves d'adolescente se sont réalisés.

VIVIANE

SAMEDI – 7 HEURES, J – 9

— COMMENT ÇA, ELLE EST PARTIE ?

Elle envoie son poing dans le mur, violette de rage. Cassandre se ratatine sur elle-même, Don Juan fixe la porte avec intérêt, juste au cas où ça tournerait mal. Il se demande si se faire attribuer Viviane comme binôme est une forme de bizutage. Il sait bien que ses collègues ne l'aiment pas plus que ça, mais de là à le mettre en danger… Il n'aurait pas dû faire flic, la boulangerie de son oncle lui manque.

Viviane a l'air de celle qui va encastrer quelqu'un dans le mur. Tous des abrutis, des incapables. Elle a mal à la main maintenant, ça saigne un peu. Comment elle a pu la laisser filer ? Mais qu'est-ce qu'elle est conne, Cassandre.

— Elle est partie où ? Avec qui ? Comment ? Bordel, tu lui as dit que je venais ?

Cassandre ouvre une bière et reprend un peu d'aplomb. Elle trouve cette after gé-niale.

— J'en sais rien moi, elle a vu mon portable, elle s'est énervée et elle s'est barrée.

— Avec la petite ?

— Euh… ouais. C'est ça.

— Cassandre, est-ce que tes deux neurones suffisent à connecter que tu as laissé filer une fille qui a enlevé un enfant ?

— Elle t'a enlevé ta meuf, aussi.

Cassandre s'entend parler et se dit qu'elle doit être bien arrachée. Ça la fait rire. Viviane ouvre la bouche mais aucun son n'en sort. Don Juan la regarde avec intérêt. C'est la première fois qu'elle voit une lueur dans ses yeux, à celui-là. Manquait plus qu'il soit au courant. Elle veut effacer ce moment, faire comme si de rien n'était.

— Elle est partie où ?

— Tu penses vraiment qu'elle allait donner sa planque à la fille qui l'a balancée aux flics ?

Viviane ne répond pas, et sort de l'appartement, suivie de près par Don Juan. Une fois dans l'escalier, il ose enfin demander :

— T'es lesbienne, Viviane ?

Elle serre les dents pour ne pas pleurer. Elle refuse de voir Léonie gagner. Elle refuse de devenir la référence homo de ce con qui va finir par lui demander comment on couche entre filles. Elle est épuisée, elle veut retrouver la gamine, elle veut qu'il y ait une justice en ce bas monde. Elle démarre, ils vont choper Lore chez elle, tant pis pour lundi. Ça commence à bien faire, ces conneries.

LÉONIE

SAMEDI – 10 H 01, J – 9

Quand Léonie se réveille, il y a des champs tout autour. Elle n'ose pas ouvrir les yeux trop grand, de peur que la voiture ne s'arrête, que le roulement apaisant des roues ne lui soit arraché.

Elle a fait un rêve étrange dans lequel une fille devait échapper aux assauts sexuels d'un homme en capuche. Une équipe de guerriers était entraînée pour sauver cette jeune fille et ils s'attaquaient au ravisseur de sa virginité. Ils finissaient par cacher leur maîtresse tout en haut d'un arbre. Un beau jour, lasse d'attendre qu'on la libère, la princesse sautait et s'empalait sur une épée qui traînait sous l'arbre. Léonie se demande si c'est l'odeur persistante d'herbe qui lui a fait autant d'effet. Elle se redresse, le corps engourdi.

— Bien dormi ?

La géante sourit. Léonie se demande si elle l'a entendue geindre dans son sommeil et si la question est ironique.

— On est où ?

— Dans l'Oise.
— Putain.

La voiture s'engage dans un petit jardin, se gare. Un chien court saluer le retour de sa maîtresse. Une femme finit de dresser une table sur laquelle sont disposés des croissants, de la confiture, du chocolat. Léonie laisse ses yeux s'habituer à la lumière.

Virginie sort de la voiture, rejoint l'inconnue, l'embrasse. Léonie se demande combien d'années les séparent. Eulalie vole hors de la voiture et se jette sur un bol de céréales. Elles s'installent autour du festin, personne ne parle, un oiseau meuble le silence. Le soleil leur brûle les épaules. La bouche pleine, Léonie fait le vœu silencieux de ne jamais repartir.

— C'est la petite maison dans la prairie votre truc.

Les hôtes se regardent, elles sourient. Léonie réalise qu'elle ne les a pas encore entendues s'adresser l'une à l'autre ; se demande si elles ont besoin de mots pour communiquer. La géante enfourne un croissant dans sa bouche, des miettes se collent au coin des lèvres.

— On voulait un endroit tranquille, de l'espace.

— J'avais besoin d'une retraite paisible, plaisante la plus âgée.

Léonie se demande encore quel âge elle peut avoir. La femme a un visage carré, des yeux verts derrière ses petites lunettes, elle ressemble aux amies de sa mère. Belle, mais plus tellement excitante. Léonie se demande si elles couchent encore ensemble.

— Vous vous connaissez depuis combien de temps ?

— Quinze ans.

Eulalie sort de table et va faire brouter son petit poney. La poupée à qui il manque la jambe gauche est aussi de la partie, un groupe d'amis sensass. Le scandale du rouge à lèvres est oublié. La femme élégante les suit, elles se parlent, va savoir de quoi. Léonie ne peut pas se retenir plus longtemps.

— Tu sors avec une fille… enfin une femme de cinquante piges ! T'as quoi, vingt-huit ?

La géante a fini de rouler un joint. Elle l'allume, regarde la femme en question et fait un rond de fumée, amusée.

— Ouais. On s'est connues quand j'avais quinze ans et elle quarante. Je suis tombée très amoureuse.

— Comment à quinze ans tu tombes amoureuse d'une femme de cinquante piges ?

— Quarante. Elle était… magnétique. Cultivée, riche. Je l'aimais comme t'as pu aimer les stars dans les magazines, elle me fascinait. Je me sentais chanceuse de connaître une nana aussi cool. Elle, elle sortait beaucoup dans le milieu gay, et ça ne la dérangeait pas de se taper une petite jeune. C'était pas la première fois, non plus. Et puis va savoir comment, ça s'est su au collège. J'ai eu peur du regard des autres. Je me suis barrée.

— Et ?

— Trois ans plus tard, elle est tombée malade. Elle m'a envoyé un message pour me dire qu'elle quittait Paris, qu'elle aurait voulu me dire au revoir. Ce jour-là, devant un café, je lui ai dit que je partais avec elle. J'étais majeure, je voulais rien faire d'autre de ma vie, juste rester avec elle.

— Ça avait rien changé entre vous, ces trois ans sans vous voir ?

— Si, tout. On s'est installées ensemble ici et on s'est détestées au début. On se comprenait pas, on se marchait dessus. Elle a essayé de me virer, mais c'était pas facile.

— Et depuis ?

— Depuis, on est bien.

Léonie regarde Eulalie ramasser une pomme et essayer de la donner au chien. Elle tire sur le joint de la géante. C'est vrai qu'on est bien ici.

VIVIANE

SAMEDI - 10 H 10, J - 9

Lore ouvre la porte de son appartement. Elle aurait aimé que ce soit Léonie. En fait, ce sont les flics. Quelle bonne surprise. Elle les fait entrer dans son studio.

Viviane scrute les murs blancs à la recherche d'une photo de Léonie. La fille est pas mal, blonde aux yeux bruns, les pommettes hautes. Un cul rond, des cuisses musclées, le ventre plat. Les lèvres qu'elle mordille sont pleines, rose un peu foncé ; elle lui rappelle le mannequin La Redoute sur lequel elle se touchait, ado. Il faut vraiment qu'elle soit stupide, parce que, avec sa gueule, elle pourrait faire autre chose que de servir des cheeseburgers.

— On doit vous poser des questions sur une… collègue, commence Don Juan.

Il ne s'attendait pas à tomber sur une fille comme ça. Viviane remarque tous les efforts qu'il fait pour la regarder dans les yeux.

— Vous saviez que votre amie avait enlevé une petite fille ?

— Non, je l'ignorais.

— Vous ne regardez pas la télévision ?

— Non.

— Vous n'avez pas été étonnée de ne plus la voir au travail ?

— Pas vraiment. Elle n'est pas très constante.

— Au travail ?

— En général.

Lore sourit, la situation est ridicule. Ces flics qui cherchent chez elle la personne qu'elle guette tous les jours dans la rue. Elle voudrait filmer la scène pour l'envoyer à Léonie, la faire rire un peu. Réalise que c'est peut-être elle, qui est ridicule.

— Est-ce qu'elle vous a contactée ?

— Non.

— Vous n'êtes pas ensemble ? Je veux dire, vous n'êtes pas un couple ?

— Non.

— Ah… on croyait que…, s'étonne Don Juan.

— Elle est plutôt douée pour faire croire des choses, je comprends.

Viviane trouve la petite un peu amère. Elle a dû se faire secouer quelques fois et maintenant, elle n'a plus de nouvelles. C'est fou que des filles soient encore capables de gober ça. Viviane est ravie d'entendre confirmer que Léonie est une enflure, mais ça n'aide pas à la retrouver.

— Vous n'avez aucune idée de l'endroit où elle peut être ?

— Aucune.

Viviane et Don Juan finissent par partir. Lore

referme la porte, le regard vide. Elle regrette qu'ils s'en aillent, elle aurait voulu parler de Léonie encore un peu, prononcer son prénom à haute voix, invoquer son image. Elle met de l'eau à chauffer, se laisse tomber sur le canapé et fond en larmes. Comme d'habitude.

La petite ne sait rien. Viviane claque la porte de la voiture un peu fort. Elle commence à s'inquiéter du peu d'information dont ils disposent. Encore, si l'autre avait une ligne de conduite, mais à part faire chier le monde, aucun objectif clair dans sa démarche ne peut les aider à la retrouver.

— Et t'as déjà couché avec un mec ?

— La ferme, Don.

LÉONIE

SAMEDI – 18 HEURES, J – 9

Le soleil faiblit sur la petite maison dans la prairie. Léonie et Virginie boivent un verre de rosé en silence. Eulalie joue avec le chien qui ne se plaint pas, la femme prépare le dîner. Il faudrait que ça finisse comme ça. Léonie pense à Angela de toutes ses forces, elle veut la faire apparaître ici, pour partager ce moment à deux. Elles regarderaient le ciel en se tenant la main, elle lui répéterait tout bas comme elle l'aime, qu'elle n'a pensé qu'à elle pendant dix ans, que rien d'autre n'a jamais compté pour elle. Léonie n'a plus peur de rien, rien de mal ne peut arriver ici.

— Alors, t'as pris une décision ?

— Pour ?

— Tu vas où ? On part après le dîner.

— Je ne pars pas.

La géante fronce les sourcils.

— Abuse pas, pitchoune. Je t'ai dépannée, je t'ai dit que tu ne restais pas. Alors réfléchis à une solution, et vite.

Léonie se lève et va rejoindre Eulalie. Elle la soulève et la serre contre elle. La petite se débat un peu en rigolant, elle ne comprend pas cet élan de tendresse, ce n'est pas dans leurs habitudes. Elles s'allongent côte à côte dans l'herbe.

— Tu t'amuses bien avec le chien ?

— Oui. J'aimerais que maman en adopte un.

— Tu lui demanderas.

À chaque fois c'est la même chose, elle sent son cœur se soulever, mais pas la force d'avouer. Elle veut rester ici, ne plus s'inquiéter de rien. C'est facile quand tout va bien, quand Eulalie va bien, quand on pourrait prendre la voiture dans une semaine et partir dans le Sud.

— J'ai faim.

— Attends un peu Eulie, c'est presque prêt.

La fin du dîner sonne comme une fin de vacances. Quand la voiture démarre, Léonie se retourne et regarde la maison s'éloigner. La femme leur fait de grands signes de la main, puis disparaît dans un virage. Léonie n'a pas retenu son prénom, ça n'a plus d'importance maintenant. Un mélange de confiance en l'avenir et de mélancolie lui fait une boule dans la gorge, c'est une sensation nouvelle, moins pure que la colère ou l'excitation. Elle repense à Soso et au couloir, elle voudrait la rejoindre, pour remettre ça, ou pour s'excuser. Dommage qu'elle n'ait plus de portable. Eulalie chantonne « Belle » qui passe à la radio.

— Tu connais ça, toi ?

— Maman l'adore.

Forcément. Eulalie se met à chouiner.

— Quoi ?

— Le chien… j'ai pas dit au revoir.

La géante ne dit rien depuis le début du trajet, elle attend qu'on lui donne une destination. On sent bien qu'elle va pas y passer la nuit, ça embête Léonie qui n'a pas de meilleur programme. Elle hésite, il n'y a qu'une adresse qu'elle connaisse par cœur. C'est pas l'idéal, mais elle se voit mal embarquer qui que ce soit d'autre dans ce bordel ; c'est plus comme si elle avait le choix.

— On va à Châtelet.

La géante hoche la tête, rassurée. Elle leur offre des bonbons, mais ne demande pas le pourquoi du comment. Dans le relâchement de ses traits, Léonie réalise à quel point la géante avait peur qu'on la lui fasse à l'envers. Ça la vexe.

Virginie monte la radio, pas d'humeur à discuter. Elle n'ose pas regarder Léonie. Depuis hier, elle a une violente envie de se la faire.

Une heure plus tard, elles sont en bas de chez Lore.

VIVIANE

DOUZE ANS PLUS TÔT

L'anniversaire de leurs deux ans d'amour approchait à grands pas. Viviane souhaitait que ce jour soit inoubliable, elle n'allait pas être déçue.

Le matin même, elle avait prévu de se lever tôt pour passer à la boulangerie, mais le réveil n'avait pas sonné. Sa mère lui avait reproché son manque d'organisation, pour commencer, puis une foule d'autres choses. Tant qu'à être lancée, autant en profiter. Viviane était sortie à la hâte, sous les hurlements maternels. Elle n'avait pas pris le temps de s'habiller correctement, imaginant que ce n'était qu'une question d'heures avant qu'elle ne se déshabille de nouveau. Sur le chemin, elle avait quand même acheté un petit quelque chose à Angela, en attendant de trouver le cadeau parfait. Il faisait frais. Les bras serrés le long du corps, au pas de course pour ne pas arriver en retard, Viviane maudissait ce début de journée chaotique. Elle ignorait que la suite serait pire.

Angela était absente à la première heure de cours. Son portable sonnait dans le vide. Viviane avait pensé qu'elle lui faisait une surprise, qu'elle allait arriver au milieu de la matinée avec des fleurs. À l'heure du déjeuner, elle avait commencé à s'inquiéter. Le ventre vide et noué, elle s'était mise à la recherche de son amour, et elle l'avait trouvé. Angela descendait la rue, une fille de sa classe greffée au bout du bras. Elles riaient à gorge déployée, se lançant des regards complices.

Viviane s'était d'abord laissée aller à la joie des retrouvailles, et avait foncé sur elles, soulagée.

Puis le visage de Viviane s'était décomposé quand Angela l'avait embrassée rapidement sur la joue. Léonie les regardait faire, très à l'aise, l'air d'attendre qu'il se passe quelque chose de drôle. Elles avaient avancé à trois, en silence. Prenant le parti de la bonne humeur pour calmer la panique qui montait, Viviane posait des questions, faisait des blagues. Jusqu'à en arriver au sujet qui fâche.

— Vous étiez où ? Vous aviez pas cours ?

Léonie s'était mise à rire, Angela regardait ailleurs ; Viviane ne comprenait pas. Grisée par une de ces montées d'endorphine qui donnent de l'assurance, Angela avait attrapé Viviane par la nuque et lui avait balancé avec calme, les yeux presque plantés dans les siens, mais pas tout à fait :

— On baisait, Viv. On est allées dans le parking derrière le lycée et elle m'a prise contre la caisse de ta mère.

Léonie avait confirmé en allumant une cigarette. Elles l'avaient plantée là. Viviane n'avait plus froid. Sa mère n'avait pas de voiture, mais là n'était pas le problème.

Incapable de faire une scène, ne serait-ce que pour elle-même, Viviane était retournée devant le lycée attendre le prochain cours. Elle n'en avait parlé à personne, elle parlait rarement à d'autres élèves qu'à Angela. Le cours de sport s'était déroulé comme d'habitude ; elle s'améliorait en volley-ball. Prenant le parti de l'indifférence générale, son propre corps décidait d'ignorer sa souffrance. Cœur brisé, larmes aux yeux, service impeccable. Viviane était rentrée chez elle à six heures, rien à signaler.

En cherchant les clés dans son sac, elle était tombée sur le cœur en pâte d'amande rose qu'elle avait acheté. Elle l'avait mangé, puis vomi. Elle avait passé la nuit à pleurer, parce que c'était la fin du monde.

SAMEDI – 20 HEURES, J – 9

Don Juan lui tend un café. Elle le vide d'un trait, regard fixe, lèvres serrées. Ces flashes la rendent dingue, le passé profite de chaque moment de fatigue pour dérouler le film dans sa tête.

— Viv, ça va ?

— Appelle-moi Viviane.

— Tu m'appelles bien Don.

— C'est pas ton vrai prénom ?

— Non. Mon vrai prénom, c'est Donald.

— Tu rigoles ?

— Oui.

Putain. Don Juan la dévisage, souriant, comme s'ils venaient de partager un beau moment de complicité. Qui lui a foutu un crétin pareil dans les jambes ? Le commissariat du quartier doit s'en contre-foutre de cette affaire pour l'avoir mis sur le coup.

— Je me posais une question, Viviane.

— Oui, entre filles il y a pénétration.

— Non, rien à voir. Je me demandais…

pourquoi on doit la retrouver, la petite ? On sait que c'est la baby-sitter qui l'a, elle n'a pas de famille, au mieux elle va être placée en foyer ou en famille d'accueil.

— Parce que c'est notre boulot. Rien ne nous dit qu'elle la maltraite pas.

— Je sais pas. Elle aurait pu la laisser.

— Non mais Don, tu ne comprends pas très bien ton rôle au sein de la police, je me trompe ? On est là pour faire appliquer des règles. On ne peut pas prendre les gens comme ça, quand ça vous chante.

ANGELA

DOUZE ANS PLUS TÔT

Le jour où Viviane avait appris pour elle et Léonie, ou plutôt qu'elles le lui avaient dit, restait un bon souvenir pour Angela. Le premier shoot de cruauté avait été addictif. La complicité qui naît du crime et le désespoir bien visible ; deux ingrédients pour créer un souvenir de qualité. Pourtant, Angela avait toujours eu un doute quant à la paternité de la décision. Quelque part, elle n'avait pas voulu se séparer de Viviane. Elle avait placé en elle ses espoirs et ses souvenirs d'adolescente, s'en voulait de détruire ce qu'elle avait pris tant de soin à créer. Léonie l'avait séduite par la facilité, et une nouvelle règle de vie : toujours faire souffrir les autres plutôt que se frustrer.

Oubliant petit à petit l'épisode désagréable de la première visite chez elle, Angela pensait avoir trouvé en Léonie son égale ; rencontre tout en haut de la chaîne alimentaire. Plus besoin d'être douce, de chercher à faire plaisir ; tape très fort, je vais essayer de faire mieux. Sa mission sociale envers Viviane s'arrêtait, son propre apprentissage commençait.

SAMEDI – MINUIT, J – 9

La vie adulte est d'un ennui. Angela se rappelle que petite, si le téléphone sonnait, elle espérait de toutes ses forces que quelqu'un soit mort, ou qu'il soit arrivé quelque chose d'atroce à l'un de ses proches. Elle priait pour un truc traumatisant auquel elle aurait pu penser chaque fois qu'elle s'ennuyait, qui l'aurait rendue intéressante à ses propres yeux. Aujourd'hui c'est moins excitant ; les gens qui meurent sont vieux, on s'y attend. Finalement, ce qu'elle a vécu de plus fort toutes ces années n'était que dans sa tête. Angela guette un bruit à l'étage, se dit que c'est le bon moment.

Quelques secondes plus tard, elle laisse retomber sa main. Tout compte fait, l'idée de sexe lui donne une belle nausée. Le dernier type en boîte l'a dégoûtée, un porc. Angela se ressert du vin et essaye d'oublier ce connard, essaye d'oublier qu'elle s'est barrée après lui avoir éclaté son verre sur le crâne. Essaye d'espérer qu'il s'en est sorti, sans le penser. Elle se demande pourquoi elle s'obstine à finir aux toilettes quand elle sort, pourquoi ça la fait bander qu'un type la viole à moitié en lui renversant sa bière dessus. Cherche la réponse dans le fond de son verre, d'une traite. Un peu de légèreté ne lui fera pas de mal.

La violence qu'elle s'autorise à la nuit tombée lui donne le sentiment d'exister. Le monde est maintenant tel que rien ne lui fait plus peur. Comment obtenir son shoot d'adrénaline dans un univers aussi lisse ? Elle a besoin d'une bonne raison de hurler un peu, de taper dans un mur ; et si ce n'est pas la peur qui va lui tordre les tripes, tant pis, reste toujours la douleur. L'avantage des types bourrés, c'est qu'ils ne font pas attention. Elle se prend souvent une porte dans la gueule, un lavabo dans la mâchoire. Ça, ça fait bien tourner la tête. Voir des lumières danser devant ses yeux quand il a balancé le coude un peu trop fort, un vrai délire. Et si par hasard le rebord passe près de sa tempe, si pendant quelques secondes elle flotte un tout petit peu trop loin de la vie, elle n'aura pas perdu sa soirée.

La nuit, seul moyen de s'oublier, de revenir à des sensations pures. Sous le néon, ils s'en tapent, ils ont juste envie de jouir ; et de retour dans le noir, ils ne voient pas le massacre, ils ne réalisent pas. Elle change rarement de décor, elle a beau dire, on a ses petites habitudes. Elle a découvert l'excitation dans des toilettes, ça donne à ses conneries des allures de pèlerinage. Merci Léonie, qu'est-ce que j'aurais fait sans toi.

LORE

DIMANCHE – 2 H 07, J – 8

Incapable de se résoudre à fermer les yeux, Lore la regarde dormir. Une bulle de bonheur est prête à éclater sous son sein gauche. Elle voudrait la serrer encore, mais il faut la laisser se reposer. Le dos nu de Léonie se tend au rythme des inspirations, délivré de l'angoisse. Lore promène un doigt timide le long de sa colonne vertébrale, elle suit la ligne jusqu'aux fesses.

Quand elles ont sonné, Lore ne dormait pas, elle les attendait. À force de guetter toutes les nuits elle est tombée sur la bonne. Pendant un instant, elle a espéré que quelqu'un se soit trompé de porte et accepte de prendre un verre avec elle, de l'écouter pleurer jusqu'à ce qu'elle s'endorme. À la deuxième sonnerie, elle a reconnu le ton impatient et est allée ouvrir.

Lore a reconnu Eulalie d'après les photos qu'elle avait vues sur le portable de Léonie. Elle n'a pas l'air traumatisée par ses aventures, Lore se dit que son âge ne lui permet pas encore de réaliser, qu'elle ne doit pas comprendre. Si, comme Éric, elle savait lire les corps, peut-être penserait-elle différemment.

Lore a aménagé un lit pour Eulalie sur la mezzanine de son studio, Léonie et elles dormiront dans le canapé convertible. Eulalie, excitée comme une puce à l'idée de dormir en hauteur, ne s'est pas fait prier. Une fois la petite couchée, elles ont pu parler.

Léonie lui a tout raconté, la flaque de sang et le vomi, la tisane, le corps fuyant de Soso, la trahison de Cassandre, la petite maison dans l'Oise, la fatigue et les doutes. Elle ne lui a rien épargné et a vidé deux bouteilles de vin. Quand Léonie a eu fini de parler, quand elle a eu fini de fumer, elles se sont allongées l'une sur l'autre. Lore retrouvait le corps complémentaire, l'autre bout de son bras. Elles ont joui trop vite, alors elles ont recommencé.

Léonie lui a aussi parlé de son départ pour le Sud. Elle a parlé d'Angela, et Lore n'arrive pas à dormir. La lumière jaunâtre de Paris illumine les cadavres des bouteilles, le cendrier. Elle se lève pour le vider. Elle voudrait empêcher Léonie de dormir, lui parler, ne rien manquer de sa présence. Debout, elle observe sa bouche entrouverte, ses lèvres sèches. Elle lui replace une mèche dans l'espoir de la réveiller. Léonie ne bouge pas.

LÉONIE

MARDI - 11 H 34, J - 6

Léonie considère certaines personnes comme incapables de la surprendre, et les identifie de ce fait comme fiables. Lore en fait partie. Ses larmes, son rire, chaque respiration suivent une logique si évidente que Léonie peut les prédire, les déclencher. Le réveil a été simple et naturel, déjà répété des dizaines de fois. Eulalie n'a pas protesté, pas demandé à partir. Pas besoin de lui parler pour comprendre qu'elle a tout de suite aimé Lore. L'enfant lui a offert sa confiance, comme Léonie avant elle, peut-être grâce au lit mezzanine, peut-être d'instinct. Quoi qu'il en soit, l'attachement est définitif ; difficile de les séparer, Eulalie s'accroche à elle dès le réveil. Il n'y a qu'à Lore qu'elle s'adresse directement, raconte des histoires, réclame des câlins. Léonie les regarde faire et se dit que c'est mieux qu'un coup de pied au cul. Famille recomposée au gré des échecs, tant qu'on évite un nouveau drame.

Quand Lore part travailler, Eulalie se renferme. Elle n'a plus de secrets à partager, préférant galoper seule dans le studio. Léonie l'observe, l'imagine jouer dans un grand jardin, devant une maison au pied des Alpilles. Il fera toujours beau, elle pourra prendre des photos d'elle, d'elles. Elle pourra construire quelque chose de précieux qui ne sera qu'à elles trois, d'important. Adieu le bitume, et les bars comme seuls refuges. Ce n'est l'affaire que de quelques jours.

On ne parle plus de l'enlèvement dans les médias, les stars d'un matin sont retombées dans l'anonymat. Aucune nouvelle de la police, aucun appel de qui que ce soit. Le portable de Léonie n'a plus de batterie depuis longtemps. Cassandre ou Hana ont peut-être tenté de la joindre, aucune importance. Lore a raconté à Léonie la visite peu concluante que Viviane et Don lui ont faite, et en a déduit qu'ils ne reviendront pas. Plus qu'à attendre, plus que six jours.

VIVIANE

MARDI – 11 H 34, J – 6

Don Juan la regarde tourner comme un fauve en cage et se demande comment la calmer. Ce n'est pas qu'il la déteste, mais elle lui fait un peu peur. Il aurait préféré faire de l'administratif, de la paperasse. Le terrain demande trop d'énergie et il n'est pas ce qu'on appelle une force de la nature. Au fond, il admire Viviane. Elle a une vraie présence et elle se donne à fond pour retrouver la petite. Il a peut-être tort d'être aussi nonchalant, ils ont une mission, tout de même ! Il lui tend une tasse de café brûlant, à laquelle elle ne touche pas.

DIMANCHE – 16 H 44, J – 8

Ils sont allés voir les parents de Léonie. La visite n'a pas été une partie de plaisir, le couple n'ayant pas l'air de nourrir une passion dévorante pour leur cadette. Dans le salon défraîchi, aucune photo récente d'elle, seulement une photo de classe, à onze ans. Ils avaient tout de suite précisé qu'ils n'avaient plus de contact avec Léonie depuis plusieurs années. Ils s'acquittaient de l'exercice comme d'une formalité, impassibles face aux accusations, l'affaire étant pour eux classée depuis longtemps.

L'entretien a duré une dizaine de minutes et Viviane en tire une grande frustration. Léonie n'a pas essayé de les contacter, sa trace s'évanouit jour après jour. Viviane aimerait avoir une piste, un lieu auquel se raccrocher, mais les hypothèses ne mènent à rien. Elle a souvent prié pour la disparition pure et simple de Léonie, mais ce n'est pas le moment.

DOUZE ANS PLUS TÔT

Angela l'ignorait. Au lycée, elle ne lui adressait plus la parole. Léonie et elle étaient au centre de toutes les discussions. Les lycéens étaient soulagés qu'Angela sorte enfin avec quelqu'un de son statut social. Il émanait d'elles une énergie sexuelle fascinante pour les autres élèves, Viviane comprise. L'attraction était d'autant plus forte qu'elles en jouaient, impudiques, prêtes à toute sorte de démonstrations publiques. Viviane baignait dans un bain d'hormones, partagée entre nausée et excitation. Comme tous, fascinée. Parfois, elle se promenait sous les fenêtres d'Angela, dans l'espoir de les entendre. Ça ne lui était arrivé qu'une fois, au début de l'été.

Bière à la main, Viviane marchait, une idée fixe en tête : savoir. Elle avait besoin d'une preuve, de remuer le couteau dans la plaie. Pour raviver la douleur, il lui fallait de nouveaux souvenirs. Elle s'était adossée au mur, sous la fenêtre de la chambre. Les lumières étaient éteintes, ils devaient tous dormir. Alors qu'elle allait rentrer, dépitée et à moitié saoule, elle avait entendu un gémissement. Une voix familière prononçait un prénom qui n'était pas le sien. Viviane avait eu besoin de se raccrocher au mur pour ne pas choir.

Le murmure de la fenêtre est devenu une plainte, Léonie avait su se montrer digne de sa mission. Sans trop savoir ce qu'elle faisait, Viviane avait baissé son pantalon un peu large et avait enfoncé la main dans sa culotte. Elle n'avait pas réussi à jouir, tant pis.

Cette intrusion dans leur intimité avait donné à Viviane une forme de respect de leurs ébats, comme si elle avait pu y prendre part cette nuit-là. Était-ce la bière ou bien la douleur qui masquait si bien la dimension malsaine de l'événement ? Elle leur était reconnaissante d'avoir partagé ce moment, autant qu'elle avait envie de vomir. Depuis, elle était souvent retournée écouter sous la fenêtre, mais n'avait rien entendu. Elle en avait déduit, un peu vite, que leur vie sexuelle devait être limitée.

ANGELA

DOUZE ANS PLUS TÔT

Angela était ravie de son choix ; Léonie réalisait tous ses espoirs, et pire encore. Ne disait non à rien, et s'il était possible de rendre la situation plus surprenante, plus éprouvante, plus compliquée, elle n'hésitait pas. Il n'était question que d'expérimenter, pour le reste, pour les autres et leurs sentiments, on s'en occuperait plus tard, peut-être. Leur existence apparaissait désormais sans limites physiques ni morales. Le monde leur était ouvert, mais, sous une apparence de nouveauté constante, celui dans lequel elles évoluaient tournait sur lui-même.

L'épuisement était mission quotidienne, dormir c'était tricher, et vomir, repartir. Les nuits ne devaient pas s'étirer dans un lit, mais dans la ville, à repérer la prochaine connerie. Leurs peaux s'abîmaient, et plusieurs fois, Angela avait flairé le danger, la tête au-dessus de la cuvette ; regretté des temps plus calmes. Avant la vie, la vraie, il y avait eu le refuge ; elle savait où le trouver. Les matins difficiles, gorge sèche, conscience tachée, Viviane lui apparaissait vitale comme un verre d'eau. Angela tentait alors de l'attirer à elle, de lui faire sentir qu'elle devait venir la chercher. Elle y mettait toute sa créativité, inventait des prétextes pour tomber sur ses lèvres au détour d'un couloir, lui prenait la main au milieu d'une foule ; le message était clair : sauve-moi. Et Viviane répondait à l'appel, s'offrait sans réserve, encore une fois, la consolait. Le message était clair : mon existence n'a d'autre but que toi. Angela retrouvait foi en elle-même dans ses bras.

Juste après l'apaisement venait la claustrophobie. À chaque victoire, sans qu'elle puisse se l'expliquer, Angela ressentait un besoin irrésistible de retrouver le regard noir de Léonie. Et ainsi de suite. Dans les bras de Viviane, l'air se raréfiait, elle s'y sentait prisonnière, acculée, et quand ils venaient à s'éloigner, perdue. Le jeu aurait pu durer indéfiniment – ou du moins, la fin générant le début, c'était l'impression qu'il donnait –, mais Viviane avait osé vouloir en changer les règles. S'était plantée dans tout son manque de splendeur, allez, c'est fini les conneries, prends une décision maintenant. Sous-entendu, fais pas la conne, choisis-moi. Prévisible, Angela s'était tournée vers le spectaculaire, plus gratifiant. Choisir, c'est renoncer à l'ordinaire. Puisque je ne comprends pas ce qui en toi m'excite tant, je ne vais pas prendre le temps de chercher : adieu, je ne t'oublie pas. Si Léonie avait remporté la partie dans les faits, rien n'empêchait Angela d'observer, de fixer des heures un regard qui se détournait, blessé. Puisque Viviane refusait de partager, elle la suivrait, s'assurerait que jamais elle n'oublie ce qu'elle avait perdu par étroitesse d'esprit, par égoïsme et au nom de cette idée ridicule du couple unique. Ainsi elles se croisaient souvent, se parlaient peu, ensemble à quelques mètres d'écart. Angela, le fantôme légendaire ; Viviane, le manoir oublié dans les landes.

Jusqu'au dernier jour de seconde, après lequel Viviane changerait de lycée. Sorties en même temps d'un examen – Angela avait longuement attendu que Viviane vienne à bout du sujet –, elles s'étaient souri, timides, serrées l'une contre l'autre par la force d'un regard. Angela l'avait observée une dernière fois. Alors vraiment, Viviane était laide ? À cet instant, sur ce bout de trottoir qu'elles connaissaient depuis leurs douze ans, difficile de démêler les traits des souvenirs. Ressortaient les lèvres, et cette curieuse expression, entre la joie et l'excuse. Un condensé des heures passées ensemble, les voyages en bus inscrits dans le cou, le piercing fait maison qui ne se reboucherait pas.

Elles s'étaient éloignées des autres, et Viviane s'apprêtait à parler. Peut-être avait-elle préparé son discours pendant des semaines, histoire de ne pas se louper quand l'occasion se présenterait. Des formules marquantes, qui ne laissent pas le choix. Peut-être vivaient-elles ce moment d'une poésie rare qui expliquait tout, donnait un sens à la vie.

— Allez, on se tire.

Léonie était arrivée, et elles ne sauraient jamais ; Angela ce qu'elle s'apprêtait à entendre, Viviane ce qu'elle s'apprêtait à dire.

Une cigarette roulée entre les lèvres, Angela avait suivi cet autre chemin, pas le temps de se retourner. Belle vie à toi, qui ne l'es pas.

DIX ANS PLUS TÔT

Pendant deux ans, elles avaient tué le temps, occupation insouciante et compliquée. Angela avait enterré ses ambitions dans leurs gueules de bois, s'était convaincue que la véritable vie se passait de bureau, se passait d'argent. C'était pourtant celui de ses parents qui finançait leur existence oisive et coupée du monde. Ils avaient déménagé à Toulon, leur laissant un formidable terrain de jeu et de quoi en profiter.

Léonie et Angela étaient incapables de se quitter, trop lâches pour redescendre seules. Leur amour se nourrissait de l'angoisse engendrée par leur quotidien, adrénaline nocturne et douleurs physiques le reste du temps. Si l'une venait à s'absenter, ne serait-ce qu'à la recherche de vivres, l'autre se retrouvait plongée dans un état de panique que seules leurs retrouvailles pouvaient apaiser. Cette mort cérébrale précoce commençait à bien leur taper sur le système. Au lycée, on les admirait ; la beauté et l'impertinence étant alors ce à quoi les gosses aspiraient tous. Ces codes bien maîtrisés et ces images fabriquées les faisaient rire : elles se haïssaient, et n'étaient jamais à court d'idées pour se le prouver.

Très vite, elles avaient pris l'habitude de se lancer des défis. Une façon de s'occuper quand elles n'avaient rien à se dire, ce qui était fréquent. Premières idées presque innocentes ; fumer dans les toilettes, convaincre une collégienne de les embrasser, se faire jouir en plein cours sans se faire remarquer. Un après-midi particulièrement mou, Léonie avait décidé qu'un bon traumatisme leur ferait le plus grand bien. Elle avait défié Angela d'attendre sous le bureau l'arrivée du prof de littérature. Elles avaient entendu les rumeurs, à voir ce qu'il en était. L'autre avait accepté, on ne se dégonfle pas quand on n'a rien de mieux à faire. Difficile de savoir ce qu'avait abrité le panneau de bois. Angela était sortie de la salle très en retard, très silencieuse. La haine s'était installée. C'était à qui serait la plus créative, celle qui irait le plus loin dans l'humiliation. Jusqu'au point de non-retour.

Elles s'étaient réveillées un matin, dans un champ hors de la ville, incapables de se rappeler comment elles avaient atterri là. Les bras en sang, la démarche raide, aucune envie de se poser des questions. Sur le chemin du retour, elles avaient parlé, agrippées l'une à l'autre. Il avait été convenu que le jeu prendrait fin à cet instant. La suite de leur histoire n'aurait aucun intérêt.

LÉONIE

MERCREDI - 1 H 34, J - 5

Alors qu'elles s'endorment, Lore demande :

— Pourquoi tu ne lui dis pas ?

— C'est vraiment le moment d'en parler ?

— Tu ne devrais pas lui mentir.

— Elle parle jamais de sa mère.

— Tu sais de quoi elle parle, toi ?

— T'es chiante. Dis-lui, si t'es sa meilleure amie.

Agacée, Léonie lui tourne le dos. Lore la rattrape. Elle ne supporte aucune distance entre elles. Léonie ne bouge pas. Elle aime le contact du ventre contre ses fesses. Elle se tortille pour être pile dans l'axe, elle pourrait presque la sentir bander. Lore lui offre sa main, le sujet est clos, ou presque.

2 H 55

Léonie se réveille au milieu de la nuit et se met à pleurer. Très vite, les sanglots se transforment en hurlement. Elle n'avait rien demandé. Elle n'avait jamais vu la mort, souhaité la mort, envisagé que la mort puisse exister. Elle n'avait jamais voulu que quelqu'un lui inflige sa mort, elle voulait juste grandir et faire des conneries. Elle ne voulait pas porter ce poids, porter l'idée qu'elle aurait pu sauver quelqu'un mais que non, qu'elle avait pas vu, pas su. Que maintenant elle devait s'occuper toute seule d'une enfant qui ne savait pas lire, et lui apprendre à aimer la vie, et lui expliquer que les gens ne vont pas l'abandonner, qu'elle n'est pas seule au monde, même si ça y ressemble. Conneries, elle se dit, en s'enfonçant les doigts dans la peau. Elle sent la chaleur lui couler sur les joues, dans son cou, ça la soulage, les tremblements de son corps s'apaisent. Elle n'a réveillé personne. Autant de douleur qui passe inaperçue, c'est absurde. Elle en vient à se demander si elle a vraiment crié.

Le lendemain, Lore partie travailler, Léonie propose à Eulalie de descendre faire galoper son animal dans la cour. Il aura plus de place pour se dégourdir les pattes.

— On dit les jambes. C'est écrit dans le livre de Lore.

Très bien, faisons comme ça.

Personne ne va dans la cour, à part pour rendre visite aux poubelles, les mêmes qu'à Barbès. Léonie pense à la nuit dernière, elle regarde Eulalie jouer. Pourvu qu'elle ne se mette pas à chialer. Le moment approche, mais impossible de se lancer. L'angoisse de déchirer le silence, parce que ça doit en valoir la peine, sinon on ferait mieux de se taire. Elle a les mains qui tremblent, pour une fois que ce n'est pas à mettre sur le compte de l'alcool. À chaque foulée du poney en plastique, son souffle se raréfie. Il faut l'arrêter. Elle se concentre. Sortir un mot, puis l'autre, rester calme.

— EULALIE.

Ou hurler, faute de mieux. L'enfant stoppe net sa course. Léonie lui prend la main. Mauvaise idée ; sa paume devient moite, elle a honte. Maintenant il faudrait dire quelque chose. Eulalie n'ose pas la regarder, elle n'est pas dupe.

— Alors… comment tu vas ?

Eulalie hausse les épaules. La moiteur la gêne.

— Tu es bien ici ?

Nouvelle tentative avant de s'évanouir.

— Ça va. J'ai envie de voir maman.

Léonie a envie de fuir. Jamais rupture

d'illusions ne lui a paru si difficile, pourtant elle a de la pratique. Respire. Arrache le pansement. Rien n'est de ta faute.

— Tu ne vas pas revoir ta maman.

Les pavés de la cour se reflètent dans les yeux noirs.

— Pourquoi ?

Parce que.

— Il lui est arrivé quelque chose.

Elle s'est tailladé les veines, elle n'a pas pensé à toi, ta mère est une sale égoïste.

— Et alors ? Pourquoi je peux plus la voir ?

Une galère nommée Eulalie.

— Eulie, ta maman est partie au ciel.

Morte, en d'autres termes.

Silence. Léonie se sent obligée de le combler. Dans sa tête.

Les adultes font parfois des choses stupides et des voyages nécessaires. Comment le justifier ou le pardonner ? Peut-être qu'on ne peut pas, pas plus qu'un accident de voiture ou un bras cassé. Ni anticiper, ni prédire, ni prévenir. T'aurais été plus belle, plus intelligente ça aurait été la même chose, et tu l'étais sûrement pour elle, ce n'est pas ta faute. Gagne du temps, accepte, aucune lutte ne la ramènera. Ta vie se fera sans, et tu peux dès maintenant oublier son prénom, aucune utilité. Grandis, tu n'as rien de mieux à faire. Ne sois pas désolée. Tu peux être triste, mais pas trop longtemps.

Elle se contente de fixer le sol et les pavés se reflètent dans ses yeux gris.

— Désolée.

Léonie ne s'est pas rendu compte qu'elle pleurait. Elles restent un peu dans la cour. Entre elles, le silence devient un mur ; elles n'évoluent plus dans le même espace. Léonie plongée dans un deuil auquel elle ne pensait plus, Eulalie toute à celui qu'elle attendait. Chacune pour soi.

Eulalie n'a plus rien dit de la journée. Elles sont remontées et elle a joué. Elle a construit une cabane avec des coussins sur la mezzanine, n'en est plus sortie. Interdit aux adultes, avait-elle tenté d'écrire, mais n'était parvenue qu'à tracer « Léonie » suivi d'une croix sur une enveloppe kraft. Obéissante, la concernée s'était tenue à distance respectueuse du sanctuaire.

À son retour, Lore toque, renverse un oreiller, ça fait rire l'enfant, miracle. Lore se glisse entre les tissus et les remparts, la discussion est étouffée.

Quand elles redescendent, elles ont les yeux rouges. Léonie est reconnaissante de ne pas partager ce moment. Elle prend la petite dans ses bras, pas trop longtemps parce que ça ne change rien.

ANGELA

DIX ANS PLUS TÔT

Dans les jours qui avaient suivi leur décision d'arrêter de jouer à se faire mal, la transformation de Léonie avait été un choc pour Angela. Si Léonie excellait dans la perversion, elle était chiante à mourir quand il s'agissait d'avoir une conversation un peu élaborée. Dommage, parce que c'était tout ce qui leur restait. Dans un souci de bien faire, Léonie avait arrêté de sortir, arrêté de boire. Sa seule dépravation restait la cigarette, elle les enchaînait du réveil à tard dans la nuit, sans interruption. Toute la journée elle restait à la maison à tourner en rond, sans se plaindre. Angela n'avait plus vu l'intérêt d'une vie aussi vide si ce n'était pas pour y décuver en riant.

Le temps passait. Elles ne pensaient pas à trouver une occupation, elles n'en avaient pas besoin et ne savaient rien faire. Elles ne parlaient plus, comblant le vide avec des films, le bruit de fond des chaînes du câble. La situation aurait été supportable si elles avaient eu une vie bien remplie derrière elles. Angela avait dix-neuf ans, pas la lumière à tous les étages et un besoin viscéral de sensations fortes. Léonie la décevait ; Viviane lui manquait, sans pour autant qu'elle ressente le besoin de l'appeler. Elle lui manquait en opposition à Léonie, comme un argument pour lever l'ancre. Il faudrait sortir, changer de registre, trouver plus monstrueux qu'une fille pour la faire décoller.

Une nuit, Angela n'arrivait pas à dormir. Elles avaient décongelé une pizza, puis Léonie s'était endormie devant un reportage sur les hirondelles. C'était un samedi et les voisins organisaient une belle soirée bien sonore de l'autre côté de la rue. Angela s'était mise à pleurer de frustration, aussi loin du corps de Léonie que la largeur du lit le lui permettait. Au bout d'une heure ou de quelques minutes, la rage l'avait tirée du lit. Elle s'était maquillée et habillée, sans bruit et n'importe comment, avait quitté la maison.

Les premières minutes, elle s'était sentie perdue, invisible au milieu de la nuit. L'absence de Léonie était contre nature et elle devait réapprendre l'espace seule. L'appel de l'alcool étant plus fort que l'angoisse, elle était allée frapper à la porte, quelques mètres plus loin. Elle rencontrait ses voisins pour la première fois. Majorité de mecs, sympas, un peu creux. Surtout très arrachés. Pour les rattraper, elle avait enchaîné les shots, jusqu'à les dépasser largement. Sans qu'elle comprenne comment elle en était arrivée là, elle s'était retrouvée à sucer ce type dans les toilettes. Un garçon plutôt pas mal, rien à redire. Quand il s'était vidé dans sa bouche, elle avait éprouvé quelque chose de nouveau. Une grande peur, du dégoût, et une excitation violente. C'était plus d'émotion qu'elle n'en avait ressenti en six mois. Elle avait passé la nuit à vomir, allongée dans l'herbe. Sa vie retrouvait un sens dans le glauque.

LÉONIE

DE JEUDI, J – 4, À DIMANCHE, J – 1

La semaine est passée vite. Pour s'occuper, Léonie et Eulalie se sont mises à la cuisine. Quand Lore rentre du McDo, elle leur rapporte du Coca et des cigarettes. Parfois quelque chose d'un peu plus fort, pour quand Eulalie dort. Elles construisent des châteaux pour dîner à l'intérieur, regardent des films sur le vieil Acer.

Lore lui fait l'amour tous les soirs, parfois le matin, avec application, elle est douée. La confiance que Léonie place en elle a levé ses dernières inhibitions ; elles jouissent ensemble en se regardant dans les yeux. Il arrive qu'elles passent des heures à s'observer, à étudier la peau de l'autre avant de s'y attaquer. Léonie savoure les yeux et la bouche comme on apprécie une belle chambre d'hôtel, comme on se jette sur un lit plus confortable que le sien. Dès que Lore fait semblant de dormir, Léonie compte les jours avec impatience.

En rentrant chez elle un soir, Lore a trouvé l'appartement vide, la cuisine rangée, le fort démonté. Pas un mot, pas un merci. Aucun signe que cette semaine ait vraiment existé ailleurs que dans ses rêves. Elle a fouillé partout à la recherche d'une odeur, d'une trace, d'un cheveu court laissé sur l'oreiller. Il ne restait que le livre qu'elle avait acheté à Eulalie, le livre sur les chevaux. Elle l'a rangé précieusement sous son oreiller et s'est allongée. Quelque part, ça valait peut-être mieux. Elle n'aurait jamais réussi à la laisser partir.

Léonie n'avait rien dit à la petite, pas envie qu'elle gâche tout avec des larmes. Ça aurait été une manière un peu trop directe de se rendre compte qu'elle aurait pu être triste, elle aussi. À peine Lore partie travailler, elle avait prétexté un déjeuner sur l'herbe. Elles avaient tout nettoyé, rangé, emmené. C'était une journée magnifique et Léonie n'avait jamais eu tant confiance en l'avenir. Elle aurait aimé envoyer un message à Viviane pour lui dire qu'elle allait gagner, mais il fallait déjà trouver un moyen d'aller dans le Sud. Elle devait y être le lendemain.

Porte d'Italie, les auto-stoppeurs se font encore rares, les vacances n'ont pas commencé. Un flot tranquille de voitures s'écoule vers le Sud, il y en aura bien une pour s'arrêter. Léonie se dit qu'elle n'est pas très inquiétante, que ça va être vite réglé. Elle a acheté des sandwichs sur le chemin, elles les partagent sans trop parler. Eulalie remarque :

— On est loin de la maison.

Et Léonie ne répond rien. Le déjeuner avalé,

elle tend sa pancarte – un bout de carton à pizza sur lequel elle a tracé « Paris → Aix-en-Provence » – le plus haut possible. Elle y est presque, rien ne peut l'arrêter.

Au bout de quelques minutes, un type s'arrête et lui dit de monter. Il a une voiture pourrie, couverte d'autocollants. Le siège passager est encombré de bouteilles de bière. À son haleine, elle comprend qu'il en a descendu quelques-unes.

— Monte, il répète.

Elle lui fait un doigt, faut pas déconner. Il l'insulte en italien et repart. Elle aurait dû voler une caisse, mais elle n'a pas le permis. Eulalie trouve le temps long et pose des questions énervantes. « Elle est où Lore ? Et Lore ? Et pourquoi on est parties de la maison ? » Au bout d'une éternité, Léonie craque et lui balance comme ça :

— Lore, c'est fini !

Devant l'air choqué de la petite, elle gagne du temps.

— Je vais te présenter Angela.

Le regard vide d'Eulalie la met mal à l'aise, elle se sent obligée de justifier :

— Tu vas voir, elle est super, Angela.

Bien dit, bravo. La petite fronce les sourcils, l'air de dire qu'elle s'en fiche total d'Angela, que c'est Lore qu'elle veut. Un autre auto-stoppeur les rejoint dans l'après-midi. Un mec mal rasé qui transporte son didjeridoo dans une grande sacoche aux couleurs de la Jamaïque. Jeune cliché, le sourire jaune.

Il s'appelle Roman et il veut rejoindre le Ruhr Reggae Summer, un festival qui commence dans deux jours. Léonie se rappelle avoir été lui, fut un temps. Le complimente sur ses goûts, et il confirme, les festivals, c'est trop génial. Elle lui apprend que pour l'Allemagne, c'est porte de Charenton qu'il faut attendre. Il n'a pas l'air trop embêté, il dit qu'il a le temps, il est complètement raide. Il propose de fumer un coup. Léonie se dit que ça serait con d'être stone au moment de choisir le chauffeur, du coup elle accepte. La beu de Roman déchire, Léonie ferme les yeux, l'air est plus doux. Eulalie reporte son attention sur le nouvel arrivé, lui pose des questions. Léonie voudrait la débrancher pour quelques heures.

Quand elle se sent capable de se relever, Léonie retourne prendre sa pancarte. Un camion lui propose de monter, mais pas possible pour le garçon. Elle est trop pétée pour réfléchir, elles montent. Roman les regarde s'éloigner et décide de rouler un autre joint. À leur santé.

Le camion sent la transpiration. Calendriers de routards à la cloison, probablement pas scotchés là par curiosité intellectuelle. À regarder de plus près, le type a une sale tête. Le sol est couvert de canettes vides, ça fait un bruit d'enfer quand il accélère. Eulalie regarde autour d'elle, petit animal en cage. Léonie se sent minable de lui imposer ce genre de galères. Le type la reluque sans gêne, il a l'air de la trouver à son goût. Il a une voix traînante, ça lui donne un air décérébré.

— T'aimes ça le cuir, hein ?

Elle serre les dents. Comme il voit qu'elle est mal à l'aise, il continue.

— Avec tes clous dans l'oreille… T'es une coquine toi… Tu dois en faire bander des mecs…

— Je préfère les filles.

Elle dirait n'importe quoi, et sent que ce n'était pas forcément une réponse très dissuasive. Elle voudrait que le brouillard dans sa tête se dissipe, mettre ses neurones en route. Le type hoche la tête et se tait un peu. La circulation est fluide, des voitures les dépassent.

— T'as de bons seins pour une gouine.

C'est reparti. Elle grogne, mais elle est morte de peur et la drogue la rend parano. Le type tend une main jusqu'à sa cuisse et la caresse franchement. Sa main est chaude et lourde. Léonie prie pour qu'Eulalie ne puisse rien voir, et ne bouge pas. Elle veut juste atteindre le Sud. Il sourit, satisfait, et lui fout la paix. Elle réalise le potentiel dangereux de la situation, mais elle est trop claquée pour se tenir en alerte. Elle pense à Lore, qui va rentrer seule. Elle se demande si tout ça vaut le coup, elle s'en veut de se poser la question.

VIVIANE

DOUZE ANS PLUS TÔT

Angela était revenue. L'avait prise dans ses bras, couverte de promesses et de baisers. Viviane s'était sentie revivre. Alors elle n'avait pas rêvé ses rencontres fortuites dans les couloirs, les regards qui traversaient la cour, toujours droit dans ses yeux. Le lycée n'avait jamais été aussi petit que depuis leur rupture, Viviane ne pouvait plus faire un pas sans écraser les Converse d'Angela. Et la voici qui affirmait de nouveau sa sincérité, vraiment, regarde, on ne peut mentir avec de si grands yeux, n'est-ce pas ?

Puisqu'on ne dit pas non au véritable amour, Viviane acceptait, la peur au ventre. Angela lui rendait sa place dans le lit, et même si certains objets avaient changé, si parfois elle enfilait un T-shirt que Viviane ne reconnaissait pas, il suffisait de regarder ailleurs. L'ennui demeurait que, pour maintenir l'illusion, la marge de manœuvre en termes de spontanéité était très limitée. De fait, le jour où Viviane s'était mise en tête d'aller chercher Angela chez elle par surprise avait précipité la chute. Viviane voulait l'emmener au bord du lac, un spot romantique, un tas de plantes dont elles pourraient parler, des kilomètres de beauté. Viviane avait préparé le sac, les maillots, la gourde. Sur le chemin, les couleurs lui semblaient plus vives et les gens plus beaux.

Elle avait croisé Angela qui sortait de chez elle. La blonde l'avait embrassée, ravie de cette excursion, quelle bonne idée. Viviane avait voulu monter récupérer un pull, Angela avait refusé. Entrée de force, Viviane avait vu l'autre, allongée sur le canapé. Elle somnolait, à moitié nue. Pourquoi cet éternel recommencement, comment sortir de ce cauchemar ? Viviane avait demandé des explications.

Angela n'avait pas tenté de déguiser l'affaire, ce qui était encore plus triste. Tant pis si le mensonge était découvert. Bien sûr qu'elle voyait encore Léonie, pourquoi s'en priverait-elle ? Malaise dans la voix, mais des mots bien assurés. Elle avait tout balancé sans filtre, ses yeux bleus parfaitement neutres. Viviane lui avait demandé de choisir, et Angela l'avait quittée pour de bon.

DIMANCHE – MIDI, J – 1

D'un coup, Viviane se redresse sur sa chaise. Il ne reste plus grand monde au commissariat, la table du bureau est couverte de gobelets vides. Ça sent le café et la transpiration. Don Juan la regarde les yeux mi-clos ; il devrait faire une pause lui aussi ; de plusieurs années, si possible. Son portable vibre, il jette un rapide coup d'œil dessus, puis reporte son attention sur l'autre excitée.

Viviane a les narines frémissantes, un sourire trop large. Il se demande si elle ne lui fait pas plus peur à ce moment-là que dans ses crises de colère.

— Don Juan, on va aller dans le Sud.

Il s'en fiche. Il vient de se faire larguer par SMS.

HAIGLE

DIMANCHE – 22 H 10, J – 1

Elle monte le volume de la radio ; écouter la musique plus fort pour penser moins. Elle aimerait être énervée, mais n'y arrive pas. Sa copine l'a encore lâchée pour le repas familial. Dans sa propre famille. Ça fait toujours bizarre à Haigle d'aller chez ces gens. Ils sont polis, mais ils ne lui parlent pas. La plupart du temps elle se retrouve en bout de table avec les enfants et mange lentement pour s'occuper. Haigle met toujours un point d'honneur à ne pas rater les dîners de famille. Il lui semble que si elle en manquait un, ils oublieraient son existence dans la minute.

Elle est partie depuis quatre heures et Angela lui manque déjà. Haigle aime leur parquet sombre et les cheveux blonds qu'elle embrasse le matin. C'est la vie dont elle a toujours rêvé ; un jardin et de l'amour. L'image d'Angela est ancrée à celle de la maison, c'est chez elles, elles s'y sont construites. Elle voudrait rentrer et la serrer contre elle, lui raconter le poulet aux morilles en la déshabillant, lui embrasser le ventre et lui dire qu'elle l'aime en s'endormant.

Elle écoute la radio et accompagne Sia, elle chante mal. La vingtaine à peine entamée, Haigle a le sourire facile et s'est toujours considérée comme chanceuse. Cette conviction s'était trouvée renforcée par sa rencontre avec Angela.

QUATRE ANS PLUS TÔT

Un soir qu'elle passait seule à regarder *I Can't Think Straight*, Haigle avait pris la ferme résolution d'augmenter la fréquence de ses rapports sexuels. Célibataire et en possession d'un iPhone, elle avait téléchargé Tinder. Pas vraiment pour trouver l'amour, mais ça la tentait bien de voir quelqu'un. On lui avait dit que c'était facile de rencontrer une fille consentante grâce à l'application, ce qu'elle avait effectivement constaté. Une nuit de « match » plus tard, elles avaient rendez-vous dans un café. Elle ne s'était pas spécialement habillée, juste un trait de rouge à lèvres. Ça la faisait marrer, comme situation. La Marie en question avait l'air plutôt sympa, avec sa moitié de crâne rasée et son orthographe impeccable. Comme souvent, Haigle était arrivée très en avance. Elle avait commandé un verre d'eau, elle transpirait un peu sous le soleil. C'est à ce moment-là qu'Angela était entrée dans sa vie.

Assise seule à une table plus loin, elle lui avait

souri. Sa pinte était presque vide, elle l'avait prise et s'était levée.

— Si je devine ce que tu fais là, tu me payes la prochaine ?

— Essaye toujours.

— Tu attends Marie.

Angela avait éclaté de rire et Haigle l'avait regardée de plus près. Dents blanches mal alignées, des yeux cernés, mais brillants. Haigle l'avait trouvée belle, un peu fatiguée, excitante. Angela avait la voix qui portait, un peu éraillée, elle devait avoir cinq ou six ans de plus qu'elle. Facile parce qu'un peu en manque, Haigle avait eu envie d'en savoir plus.

— C'est toujours ici que Marie voit ses plans Tinder. En ce moment, elle aime bien les rousses.

Comme pour illustrer son propos, elle avait passé une main légère dans les cheveux d'Haigle. Ce geste lui avait plu. Haigle aimait les filles sûres d'elles qui ne lui demandaient pas la permission. Comme pour la dégager, elle avait posé sa main sur celle d'Angela, puis avait décidé de la laisser là.

— Entre nous, Marie est une grande malade. Elle est dingue au lit, mais pas comme tu peux l'imaginer. Tu risques de te faire mal, ça serait dommage. Si tu lui dis de ne pas venir, tu peux aussi risquer de tomber amoureuse de moi.

Haigle l'avait trouvée prétentieuse, mais drôle. Ça se voyait qu'elle aimait draguer, qu'elle ne doutait pas. Angela avait les moyens de ses ambitions. Haigle s'était dit qu'elles coucheraient ensemble une fois ou deux, pour flatter son ego, et que les choses en resteraient là.

Haigle avait annulé Marie et elle était tombée amoureuse d'Angela.

ANGELA

QUATRE ANS PLUS TÔT

Elle était passée rendre un truc au serveur qui l'avait – mal – baisée la veille, avait décidé de rester prendre une bière. Puis deux. Si Marie passait, elle pourrait se distraire en la regardant allumer une malheureuse. Ça serait surtout marrant de voir la tête de la victime, quand elle se rendrait compte que les photos sur lesquelles elle avait craqué dataient déjà de plusieurs années. De toutes les façons, Marie parviendrait à ses fins. Angela n'avait jamais vu une fille lui résister, alors que le consentement d'une seule suffisait à la plonger dans une grande perplexité.

Même rituel à chaque fois : une blague pourrie, une remarque sur leurs cheveux en passant la main dedans, et elle les mettait au défi de ne pas tomber amoureuses. Après ça, elles étaient plus excitées que Nadine Morano à un meeting sarkoziste. Et ce, cinq fois par semaine. Allez comprendre. Marie était barge, elle se comportait comme les mecs qui baisent partout pour oublier qu'ils sont gay. Elle aurait eu besoin d'une bite pour la calmer, ça aurait été plus efficace que de décevoir toutes les lesbiennes du coin.

Quand elle avait vu la petite débarquer, Angela n'avait pas supporté. Marie pouvait bien se taper qui elle voulait, mais pas elle. Il y avait quelque chose de désespérément séduisant dans la façon qu'Haigle avait eu de s'asseoir et d'attendre, buvant son eau à grandes gorgées. Elle ne faisait rien, ne jouait pas avec son portable et ne regardait pas autour d'elle. Il n'aurait pas été choquant de la voir poser sa tête entre ses bras et s'endormir là. Elle faisait très jeune, très douce avec ses dents larges. Il fallait qu'Angela la touche.

Si Haigle n'avait été qu'excitante, Angela aurait pu s'en sortir. La ramener à la maison, lui claquer la porte au nez le lendemain. Impossible. Haigle était ce qu'elle avait vu de plus vivant, de plus sain. Elle n'avait pas une énergie hystérique comme les camées du coin qui avançaient par à-coups, mais qui étaient claquées à l'intérieur. Elle dormait beaucoup, mangeait beaucoup, marchait beaucoup. Pour la première fois, Angela avait demandé à une fille « Tu veux être ma copine ? », et Haigle, qui n'était pas chiante, avait dit oui.

Angela ne s'était jamais considérée comme une fille qui tombait amoureuse, sinon elle aurait dû l'être de Viviane, ou au moins de Léonie. Elle avait été surprise par ce bien-être qui la prenait quand elles se réveillaient ensemble. Cette envie de se blottir contre l'autre, jour après jour, cette fascination pour le même sourire. Heureusement, ça n'avait pas duré.

MARIE

QUATRE ANS PLUS TÔT

Son bouledogue sur les talons, elle avait quitté le cabinet. Elle était haute, les épaules carrées, l'allure fuyante. On pouvait penser qu'avec son mètre quatre-vingt-dix, elle avait plus d'assurance. Ses Doc usées raclaient le sol, elle traînait des pieds, les épaules en avant. Elle avait pris rendez-vous un peu tôt, pour avoir le temps de se choper une petite nana dans l'après-midi. Elle n'y pensait même plus, son portable, fracassé, gisait au fond de son sac. Marie rasait les murs du grand bâtiment blanc dans lequel elle était venue chercher ses résultats d'analyses. Arrivée au bout du couloir, elle a hésité, l'air hagard. Il lui a fallu quelques instants pour se rendre compte que les portes de l'ascenseur étaient à sa droite. Ça se refermait comme une boîte autour d'elle.

Les portes automatiques de la sortie ne se sont ouvertes qu'à la deuxième tentative, la routine. Cette fois elle ne s'était pas dit qu'au prix des consultations, ils auraient pu rénover tout le bâtiment et lui offrir le café. Elle avait juste failli se prendre la porte. Tant pis, sa jolie tronche ne serait pas plus tordue. Elle avait un grand nez droit d'Italienne, très classe ; on la remarquerait sans sa coupe ni ses tatouages. Sur son épaule, une grosse rose rouge pour la chanteuse Lio. Elle était la seule à trouver cet hommage génial. En général on préférait les esquisses japonaises, sabres et autres lotus qui ornaient son bas-ventre. Pourtant, c'est ceux qu'elle regrettait presque. Presque, parce qu'elle n'avait pas les moyens de payer le laser.

Le chien essaye de se barrer pour rejoindre un congénère plus touffu, elle tire un coup bref sur la laisse. La patience, c'est pas son truc.

Elle a démarré sa caisse, une Peugeot sur le retour qu'elle se sentirait presque coupable de conduire, avec la crise écologique. Elle s'était fait klaxonner quand elle avait grillé une priorité au rond-point, pourtant elle conduisait bien. Elle a poursuivi jusqu'à l'autoroute, elle avait besoin d'aller vite. Pas de se planter ; de toutes les façons elle allait bien crever assez vite comme ça. Elle voulait conduire jusqu'à la mer, c'est trop loin. Elle s'est s'arrêtée sur la première aire d'autoroute, s'est garée et mise à pleurer.

Elle s'y attendait. Antécédents familiaux, ça ne pardonnait pas. Elle savait qu'elle allait se taper de la chimio, à un moment donné de sa vie. Elle aurait juste pensé que ça serait après quarante ans, quand elle en aurait eu une, de vie. Un mari – elle avait tenté de le remplacer par « une femme » dans son esprit, puis avait abandonné –, des enfants pour pleurer son départ de la maison. Au moins des amis. Pour le mari elle ne s'était jamais investie dans la mission, pour les amis elle était toujours restée en surface. Elle savait que toutes ses potes goudous la lâcheraient dès qu'elle se prendrait la première bite, et que sa carrure n'allait pas en faire fantasmer plus d'un. Décidément, son cancer tombait mal.

Le chien ne disait rien, allongé sur la banquette arrière. Pas sûr qu'il comprenne, ce n'est pas la présence la plus compatissante qui soit. Pendant un instant Marie a caressé l'idée d'aller pleurer sur l'épaule de la caissière de la station-service. Un câlin ne lui ferait pas de mal, mais là c'était pathétique.

Elle est restée là, le front appuyé contre le volant pendant quelques minutes. Elle aurait préféré que ça soit quelques heures, pour le côté tragique. Dans le texte, ça ferait mieux « elle est restée là pendant des heures à contempler le néant de sa vie », mais en fait, elle s'était vite fait chier. Elle aimait bien se raconter, décrire ses faits et gestes dans sa tête. Elle avait peut-être une âme de romancière, qui sait. Ça la ferait triper d'écrire un texte magnifique sur ce qu'elle avait pu ressentir en apprenant qu'elle avait une tumeur cancéreuse. Un putain d'essai sur la douleur profonde, le désespoir et le retour aux vraies valeurs de la vie. Le problème, c'est qu'elle ne ressentait rien. Si Proust n'avait pas réussi à écrire un livre sur le néant, c'était pas elle qui allait s'y coller. Marie a démarré, songeant qu'il faudrait être plus vigilante aux prochains ronds-points. Elle se sentait coupable de ne pas avoir laissé le chien marcher un peu.

LÉONIE

DIMANCHE – 22 H, J – 1

Le Sud, c'est loin, il fait une chaleur à crever. Vivement la nuit, vivement la maison. Le type s'est déjà enfilé deux bières, il n'arrête pas de lui toucher les cheveux. Elle a envie de vomir. Eulalie dort, c'est tout ce qui la fait tenir, qui l'empêche de se barrer en courant. Quand ils dépassent Avignon, elle respire mieux ; ça ne doit plus être qu'à une heure ou deux. Il fait déjà nuit. Vers Cavaillon, le camion ralentit. Le type s'arrête sur le côté. Léonie se demande s'il s'est rendu compte qu'il était trop bourré pour conduire. Il la mate avec insistance, glisse sa grosse main sous le débardeur. Son haleine pue la bière, elle recule contre la vitre. Le mec ne s'arrête pas, il s'appuie sur son épaule et tente d'ouvrir son jean. Le seul réflexe qu'elle a, c'est de lui envoyer un coup de genou dans les parties. Le type gueule de douleur.

— SALE PUTE !

Eulalie se réveille. Léonie fout un poing au mec et ouvre la portière, en priant pour ne pas se faire écraser. Elle attrape la petite et descend. Le type démarre en l'insultant, elle espère qu'il va se planter dans le fossé. Les phares du camion disparaissent, on ne distingue plus que la silhouette des platanes au bord de la route. Silence complet, brisé par quelques sanglots que Léonie tente d'étouffer. Ne pas montrer comme elle a eu peur.

Elles n'ont plus de sac, plus d'argent et elles sont encore à une heure de voiture d'Aix. Eulalie se met à pleurer aussi, elle ne comprend rien, elle veut rentrer à la maison ; elle a perdu son poney en plastique. Léonie la prend dans ses bras, dans l'idée de la rassurer comme elle peut. Difficile de déterminer laquelle des deux tremble le plus. Il faut d'abord se calmer, ensuite elles trouveront une solution.

Même ici la nuit est fraîche. Léonie enveloppe Eulalie dans l'écharpe qu'elle a volée à Lore. Le parfum imprégné l'apaise, elle berce l'enfant, prend une grande inspiration pour se redonner du courage. Et puis plus rien.

Le temps passe. De temps en temps, une voiture les dépasse. À chaque fois, Léonie lui fait signe de s'arrêter mais personne ne lui prête attention. Eulalie se manifeste de nouveau, maintenant, elle a faim. Léonie prend sa tête entre ses mains et regrette d'avoir quitté Paris. Elle aurait dû s'organiser, demander à Lore des provisions, un téléphone. Elle connaît son numéro, mais elle n'a rien pour appeler. Elle avait cru que tout serait simple, que le Sud n'était qu'à quelques heures d'impatience.

Eulalie se lève d'un coup et pointe du doigt une voiture qui ralentit dans leur direction. La jeune femme au volant leur demande où elles vont. Elle a l'air embêtée : Aix, c'est pas trop son chemin. Devant le visage décomposé de Léonie, elle leur propose de les déposer en ville, où il y aura plus de circulation, peut-être un bus, demain matin. Elles montent. Léonie laisse sa tête tomber contre la vitre. Inconfortable, comme sa vie depuis quelque temps. Au bout d'un moment, la conductrice brise le silence et se présente. Léonie ne retient pas son prénom, mais se tourne vers elle, l'observe. Elle doit avoir une vingtaine d'années, elle a des cheveux roux ramenés en un demi-chignon – on appelle ça un *man bun* maintenant, il paraît –, des yeux ronds, un sourire engageant sur des dents larges. Elle conduit bien, tranquille, elle n'a pas l'air pressée de rentrer chez elle.

— Vous arrivez d'où ?

— De Paris. Je peux fumer ?

— Je t'en prie. Et qu'est-ce que vous faisiez sur le bord de la route ?

— Un pique-nique.

Ce n'est pas drôle, mais l'autre éclate de rire. Elle n'a pas l'air mécontente d'avoir de la compagnie. Elle poursuit son interrogatoire.

— Faut le vouloir, pourquoi Aix ?

— J'ai une amie à voir.

— Qui ? Je connais bien Aix, je peux peut-être

lui passer un coup de fil, qu'elle vienne vous chercher.

— Angela***.

La conductrice marque un temps d'arrêt. Elle se met à rire, encore.

— Ça alors !

Elle a l'air de penser que tout est absolument merveilleux. Il va falloir expliquer à Léonie, pas tout à fait sortie de son cauchemar.

— Vous avez de la chance.

— Je ne dirais pas ça.

— Elle vit à Eygalières maintenant. Vous ne l'auriez jamais trouvée à Aix.

Le cœur de Léonie se heurte à sa cage thoracique. Elle a du mal à y croire. Si proche du but. Ce soir, elle va la retrouver, Eygalières, c'est juste à côté. Ça fait dix ans, il est bientôt minuit. Elle regarde la conductrice comme le messie. Elle a envie de faire comme elle, de rire pour tout.

— T'es une amie d'Angela ?

— On vit ensemble, c'est ma copine.

VIVIANE

DOUZE ANS PLUS TÔT

L'année scolaire de seconde touchait à sa fin. Angela et Léonie étaient inséparables ; elles s'aimaient et mettaient un point d'honneur à ce que personne ne l'ignore, de la salle de classe aux frontières du quartier. Angela avait l'air heureuse ; il ne serait pas venu à l'idée de Viviane de s'en réjouir. Blessée, jalouse, convertie au métal symphonique, elle errait sous leurs yeux, mains dans les poches. À demi consciente de faire désormais partie des meubles.

Cette époque marquait le retour, triomphant puisque naturel, du statu quo solitude qui l'avait poursuivie toute son enfance. Douleur ancienne, sensation nouvelle de perpétuité ; personne ne viendra te sauver cette fois, tu as raté ta chance. À l'âge où il n'a pas besoin d'être économisé, elle ne prenait pas la peine de meubler son temps. Il faisait beau et elle promenait son ennui sur les esplanades vides de la ZAC. Elle s'était mise au skate, mais elle était plutôt mauvaise. Trop peur de se faire mal.

Pendant ses après-midi solitaires, Viviane tirait des plans sur la comète, trouvait du réconfort dans l'élaboration de fan-fictions de sa propre vie. Elle imaginait Angela l'appeler dans deux ans pour lui dire qu'elle avait eu son bac, lui dire que maintenant qu'elle s'était amusée, elle était prête à construire quelque chose. Viviane se voyait entrer à l'École de police et la rendre fière. Son salaire permettrait à Angela de ne rien faire de ses journées et elles pourraient découvrir de nouvelles forêts tous les week-ends. Une fois de plus, les choses s'étaient passées autrement.

La dernière fois qu'elle avait vu Angela, elles passaient leur examen blanc de littérature. Elles étaient sorties en même temps, et Angela lui avait demandé si elle pensait avoir réussi l'épreuve.

— J'ai rien compris au sujet.

Elle aurait préféré le garder pour elle, mais c'était vrai. Viviane lui avait demandé si elle allait bien. Il faisait beau, elles s'étaient éloignées des autres par habitude. Quelques banalités à échanger, comment vont tes parents, toujours pas de nouvelles de ma sœur, le plant de basilic a fini par mourir. Puis Viviane avait pris une grande inspiration, sans trop savoir où ça allait la mener. Grande inspiration, puis une odeur tenace de tabac lui avait rempli les narines. Sans un regard pour elle, Léonie avait débarqué, enlevé Angela. Parties de leur côté, fin du game.

Malgré les heures passées dans ses livres faute d'une alternative plus excitante, Viviane n'avait pas eu son année et avait changé de lycée pour ne pas redoubler. Elle n'avait manifesté aucune réaction à cette annonce, elle n'allait plus revoir Angela, rien d'autre ne comptait.

Pendant l'été, les parents de Viviane avaient insisté pour qu'elle travaille au centre commercial. Si leur fille devait retomber dans la solitude et le renfermement, autant que cette tragédie soit mise à profit. Un moyen de ne pas laisser l'apathie de leur fille gâcher les vacances, et de lui prouver que la vie ne s'arrête pas au collège ; il y a aussi la caisse de l'UGC. Dans un sens, ils n'avaient pas eu tort ; la redondance des tâches lui permettant de ne pas réfléchir, Viviane avait passé un été agréable. Le souvenir constant d'Angela apportait une présence suffisante pour n'avoir aucune envie de créer des liens ; ces deux mois de mutisme allaient atrophier son muscle social de façon irréversible.

Au bout de l'été, le retour de la rentrée, de sa part de liberté. Fais ce que tu veux, tant que tu te lèves tôt et que personne ne nous appelle pour parler de toi. Dans son nouveau lycée, Viviane n'avait pas eu plus d'amis que par le passé. Désormais habituée au silence, elle n'en avait pas souffert.

Deux ans plus tard, elle avait son baccalauréat. En septembre, Viviane intégrait l'École nationale supérieure de police de Saint-Cyr. Elle avait envoyé des messages à Angela, des lettres restées sans réponse, avant de se résoudre à enterrer cette histoire, comme un rêve fabuleux qu'elle aurait fait plusieurs fois et puis plus jamais.

DIMANCHE – MIDI, J – 1

Le train entre en gare d'Aix et ils vont récupérer une voiture de location. Don Juan scrute le paysage, curieux, l'air de se demander ce qu'il fout là. Ne propose pas de conduire, il est vraiment là en touriste.

— Viviane… rappelle-moi pourquoi tu penses qu'elle est ici.

La voiture démarre. Ils ont pris le premier train et, à midi, la chaleur est insupportable.

— Je pense qu'il y a quelqu'un qu'elle a envie de voir dans le coin.

— Tu m'as pas dit que tu vivais ici, avant ?

— Moi non, mais t'as dû le lire dans mon dossier.

— Juste avant Paris ?

— Non, avant j'habitais à Lyon.

— Et tes parents ?

— Ils vivent toujours ici.

— Tu veux passer leur dire bonjour ?

— Non.

— Ça ne me dérange pas, tu sais. Je suis sûr que ça leur ferait plaisir.

Viviane lève les yeux au ciel. Ça fait trois ans qu'elle n'a plus mis les pieds chez elle, et dans l'idéal le chiffre continuerait d'augmenter. Elle prend la direction de la ZAC, une pellicule de sueur froide entre les omoplates.

LÉONIE

LUNDI – MINUIT, JOUR J

Haigle gare la voiture devant le portail. Jolie maison de ville, un peu paumée, se dirait une invitée observatrice, devant l'absence de lumières dans un périmètre immédiat. Eulalie remarque des arbres dans le jardin qui entoure les murs, peut-être y a-t-il un chien quelque part ? Léonie n'accorde aucune importance à son environnement, tout se joue dans le ventre et la gorge. Regard embué, elle descend comme un automate, se demande si ses jambes vont accepter de la porter plus loin, ou si elle va se prendre un arbre. Eulalie lui jette un coup d'œil agacé qu'elle ne remarque pas ; Léonie affiche un sourire à l'envers qu'Haigle ne remarque pas. L'air est plus doux qu'à Paris, Léonie confond l'odeur des feuilles et le parfum de son hôte, elle-même imperméable aux forces antagonistes qui s'affrontent dans les corps derrière elle.

Aucun tronc ne s'étant interposé, elles arrivent sur le perron, indemnes. Haigle ouvre la porte, et c'est l'apocalypse. Sur le canapé en cuir, Léonie la reconnaît. Angela joue avec les coutures de son short devant une sitcom, quelques secondes passent avant qu'elle ne décide de se retourner. La violence du choc est plus forte que prévu, Léonie se demande si elles entendent les battements de son cœur, si puissants que ses mains tremblent au même rythme. Angela est devant elle : visage fatigué, marqué, lumineux. Son nez est plus épais, moins droit qu'avant, il lui va bien. Les yeux un peu délavés par le soleil – le soleil, vraiment ? – glissent sur le groupe, s'attardent sur Léonie un moment. Puis un sourire, un vrai.

Maintenant, il faut s'approcher, franchir les derniers mètres de ce voyage interminable. Dix ans pour atteindre ce canapé.

Elle embrasse Angela sur la joue et respire son parfum, toujours le même. Difficile de s'en détacher, mais il va falloir composer avec les circonstances ; ce ne sont pas les retrouvailles auxquelles elle s'attendait. Eulalie observe de loin, salue du bout des lèvres. Elle doit être fatiguée, pas la peine d'insister. Haigle a la bonne idée de l'emmener se coucher. Difficile de savoir par où commencer, Léonie regarde autour d'elle pour se donner une contenance.

La maison est grande, bien décorée, un style agréable, assez impersonnel. De petites bougies blanches disposées sur la table basse diffusent une odeur de feu de bois, Léonie a du mal à croire qu'Angela ait pu les acheter.

Acquittée de sa mission, Haigle s'affaire dans la cuisine, prépare une omelette, sort des oreillers.

Un éclair de cheveux roux traverse la pièce à intervalles réguliers, complimente et plaisante, mais ni Léonie ni Angela ne lui prêtent la moindre attention. Maintenant assises face à face dans le canapé, elles se dévisagent. Léonie murmure que ça fait dix ans, et l'amour de sa vie hoche la tête dans un sourire.

ANGELA

LUNDI-MINUIT, JOUR J

Haigle pousse la porte, il est plus tard que prévu. Plus nombreux aussi, plusieurs paires de chaussures frappent le parquet. Angela se retourne, hésitant encore entre un « Bonsoir » et « C'est à cette heure-ci que tu rentres ? », et tombe de haut. Dévisage l'une, l'autre, Léonie, l'enfant, surtout Léonie. Le choc lui fait lâcher la télécommande. Elle se lève du canapé pour mieux la voir. Malgré ses efforts, difficile de faire la mise au point : sa vue demeure étrangement floue, comme si elle courait très vite. Alors, elle la prend dans ses bras. Léonie sent l'herbe et la transpiration, essence d'adolescence concentrée dans son cou. Bise trop longue, Angela a l'impression que l'autre roule une pelle à sa joue. Un peu sale, un peu gênant, très prometteur.

C'est bien la même qu'à l'écran quelques jours plus tôt. Léonie, la grande malade, la fille zéro limite dans la connerie comme dans la soumission. Des larmes de joie piquent les yeux d'Angela, elles vont bien s'amuser.

— Léonie ! Ça fait… longtemps.

Sept, huit ans ? Qu'importe, puisque le hasard a de l'humour. Angela se demande par quel alignement des astres sa copine a bien pu lui ramener une ex qu'elle avait eu tant de mal à éloigner. À l'instar d'une bouteille en plastique, Léonie, jetée très loin, est revenue s'échouer sur elle. Soit, on devrait parvenir à la recycler. Léonie lui murmure quelque chose à l'oreille, Angela se lève un peu trop vite.

— Haigle mon ange, tu m'aides à lui installer un lit ? Je suis sûre que Léonie peut surveiller l'omelette.

La chambre d'amis est à l'étage, à côté de la leur. Angela observe la jeune femme qui partage sa vie depuis quatre ans, se dit que vraiment, elle n'a pas lésiné sur la qualité. Elles se ressemblent un peu ; si la nature était mieux faite, elles auraient de sublimes enfants. Perspective plus réjouissante que d'en récupérer un parce que Léonie a décidé de se mettre au télétravail.

— C'est dingue d'être tombée sur ton amie. Elle a eu de la chance, y avait pas un chat sur la départementale.

— C'est gentil de les avoir ramenées.

Haigle sourit ; rayonnante quand Angela est contente d'elle.

— C'est normal. La petite est adorable, et je suis sûre que Léonie est très…

— Marrante ?

— Oui, voilà. Tu penses qu'elles vont rester longtemps ?

Angela finit de placer les oreillers. Elle l'attire contre elle, lui lève le menton pour mieux la dévisager. Ces jolies taches de rousseur… et ce petit bouton au coin du nez. Elle le gratte du bout de l'ongle.

— Non, je ne pense pas.

Plus tôt dans le salon, Léonie lui a rappelé cette phrase qu'elle avait balancée un peu au hasard. « Dans dix ans, retrouve-moi, on ne se séparera plus. » C'est à la fois touchant et pathétique de se dire que pendant tout ce temps, Léonie a compté les années. Angela n'a pas su quoi répondre ; joyeux anniversaire, mon cœur.

VIVIANE

LUNDI – QUATORZE HEURES, JOUR J

Des barres, des tours. La ZAC d'Aix, son enfer sur terre. Le soleil tape contre les murs blancs dressés un peu partout, comme au hasard. Quelques mecs qui traînent devant les portes. Ils les regardent passer, indifférents. Ils ne reconnaissent pas Viviane, la petite Viviane qui n'a plus vraiment mis les pieds ici depuis Angela. De toutes les façons, ils sont trop jeunes, elle ne les remet pas non plus. Elle arrive en bas d'une tour aussi sale que les autres, hésite un bref instant à faire demi-tour. C'est encore plus moche que dans son souvenir. Don Juan ne dit rien, il fait bien parce qu'elle est sur les nerfs. Ils montent jusqu'au douzième étage.

— Viviane !

Sa mère la prend dans ses bras. Elle a encore grossi, à soixante-huit ans elle en fait dix de plus. Viviane se dégage rapidement et embrasse son père sur la joue. Ils ont l'air très contents de la voir. En même temps, il ne doit pas se passer grand-chose par ici, alors elle ou le facteur. Ils serrent la main de Don Juan avec un respect qu'elle trouve ridicule. Le type n'est même pas un bon flic, pas la peine d'en faire des caisses. L'appartement est bas de plafond, sombre. Les fenêtres sont masquées par de petits rideaux en dentelle. Tout fait vieux ici, surtout eux. Ils s'installent pour boire le thé.

— Il fait chaud, non ?

Les discussions sont toujours les mêmes, interminables et inintéressantes. À chaque fois que Viviane revient à Aix, les raisons de son départ lui sautent aux yeux et soulagent sa culpabilité. Don est poli, il répond à un tas de questions indiscrètes sur sa vie professionnelle, familiale et amoureuse. Viviane apprend qu'il est orphelin, c'est sûrement pour ça qu'il surévalue le bonheur d'avoir des parents à qui rendre visite.

Le temps passe, ils vont tous s'installer devant la télé. Elle a bien insisté sur le fait qu'ils n'avaient pas le temps mais Don Juan a l'air de penser que c'est une façon pertinente de passer un après-midi de recherche sur un kidnapping.

Quand ils finissent par se lever, le père de Viviane la prend à part.

— Tu as besoin d'argent ?

— Non papa, c'est bon.

Il sort quand même un billet de vingt euros et lui met dans la main.

— C'est rien.

Le petit billet bleu lui donne envie de pleurer. En effet, c'est rien. Elle va s'acheter quoi avec ça, un Coca en terrasse à Paris ? Il a l'air heureux de le lui donner. Il la serre contre lui, et lui dit qu'ils sont fiers d'elle. Ils comprennent qu'elle est très occupée, mais elle pourrait venir plus souvent, ils adorent l'avoir à la maison. En repartant, Viviane a toujours une boule dans la gorge, mais cette fois-ci, c'est plutôt d'elle qu'elle aurait honte. Pendant que Don Juan déblatère sur les êtres sympathiques et chaleureux que sont ses parents, Viviane programme l'adresse d'Angela sur le GPS. Ses doigts tremblent un peu.

Quand Viviane avait rencontré Angela, elle s'était sentie fière d'être invitée hors de la ZAC, dans un quartier entretenu, avec des jardins, des rues pavées, des gens qui promenaient leur chien en laisse. Pour ses parents, le quartier Mazarin, c'était un truc de bourges, mais pour elle c'était le paradis. Pas de barres, pas de jeunes qui traînent, le calme, le propre. Elle passait son temps dans la vieille ville à attendre Angela, à se balader, s'imprégner de l'endroit, se purifier. Les parents d'Angela habitaient une petite maison près d'un jardin public, ils avaient donné un étage entier à leur fille.

Viviane se gare devant la porte.

HAIGLE

LUNDI – 8 H, JOUR J

Haigle se réveille de bonne humeur. Il lui faut quelques secondes pour se rappeler que Léonie est là, ce qui ne gâche rien. Elle espère que sa présence va apaiser Angela, d'humeur massacrante ces derniers jours. Pour l'heure le monstre blond dort encore, les lèvres entrouvertes, respiration profonde. Haigle ne lui en veut pas d'être désagréable, de passer ses nerfs sur elle. Elle a vu ses parents traverser des années de silence, se haïr, puis se retrouver. Elle n'a pas dans l'idée que l'amour est simple, confortable ou remplaçable. Elle a choisi Angela, point.

Elles n'ont pas fait l'amour depuis quelques jours, c'est inhabituel et ça ne l'inquiète pas. Haigle observe le corps découvert, elle tire tout à fait le drap. Des jambes bien dessinées, couvertes de bleus. Sujet sensible, elle marque beaucoup, c'est vrai.

La beauté grogne, lui tourne le dos et demande où est Léonie. Haigle se dit qu'il faudrait passer chercher des vêtements pour l'enfant. Ça lui plaît d'avoir un enfant à la maison qui ne soit pas constamment de mauvaise humeur.

Haigle adore conduire, quand elle est de très bonne humeur et quand elle est très triste. Sur le chemin, elle tente de se rappeler une conversation au cours de laquelle Angela aurait mentionné l'existence de Léonie. La veille, quand elle lui a demandé comment elles s'étaient rencontrées, Angela a changé de sujet et Haigle n'a pas insisté. Si Léonie pensait qu'Angela habitait encore à Aix, elles avaient dû se rencontrer à l'époque du lycée, ou aux Beaux-Arts.

À son retour, la maison est encore silencieuse. Haigle se promène dans le salon, caresse les murs, les objets. Chez elle. Le soleil joue sur le parquet. De la fenêtre, elle contemple le jardin. Son cœur gonfle de bonheur, elle sourit toute seule.

LÉONIE

LUNDI – 10 H, JOUR J

Elle ouvre les yeux et la lumière lui rappelle qu'elle a réussi. Léonie se lève, cherche Eulalie des yeux. Elle s'est endormie trop vite hier, personne ne lui a dit où est la chambre de la petite. Sans prendre la peine de s'habiller, elle part à sa recherche. Dans la cuisine, Haigle fait sauter des crêpes. Cette fille sort-elle d'une publicité pour le bonheur ? Le poste de radio emplit la pièce d'une chanson qu'elle a déjà entendue chez Lore, mais dont elle a oublié le titre.

— Tu as bien dormi ? Tu veux une crêpe ?

Haigle ne se formalise pas de voir une inconnue prendre le petit déjeuner en culotte dans sa cuisine, c'est un bon point.

— Eulalie dort encore ?

Haigle désigne une porte au fond du salon et lui tend une nouvelle fournée, à la confiture de coing. Léonie la remercie d'un hochement de tête, elle a du mal à se comporter de façon normale avec quelqu'un d'aussi spontané, trop habituée aux coups bas.

Eulalie est enroulée dans une couette épaisse, son petit nez brun dépasse et frémit. L'odeur des crêpes lui fait ouvrir les yeux. Léonie la regarde engloutir le tout, elle lui caresse les cheveux distraitement.

— Tu vois, c'est bien ici.

— Oui.

— T'aimes bien Angela ?

— Haigle, elle est gentille.

— Oui.

— On va dans le jardin ?

De retour dans la cuisine, Haigle lui tend un sac. Léonie en sort des petits shorts, des T-shirts de toutes les couleurs.

— Comme vous n'aviez pas grand-chose, je suis passée chez une voisine qui a une petite fille de huit ans. J'espère que ça ira pour la taille.

— T'as toujours autant d'énergie ?

— T'aurais préféré qu'elle se balade toute nue ?

Léonie lui sourit. Elle se dit que le karma tente de se rattraper pour la nuit dernière. L'autre ne se protège pas, tant pis pour elle. Et puis, récupérer Angela n'est pas une attaque personnelle envers Haigle. C'est légitime.

— Va prendre ta douche, je l'habille.

— Sûre ?

— Sûre.

À l'étage, Léonie remarque une porte fermée, passée inaperçue la veille. La chambre d'Angela. Elle s'observe dans le miroir du couloir, se trouve jolie et entre. Les rideaux sont tirés et laissent filtrer une lumière rougeâtre. Deux longues jambes s'échappent des draps, Léonie les remonte du bout des doigts. Angela lui attrape la main et l'attire à elle. Elle est nue et Léonie sent son cœur lui tomber dans le ventre. Elle retient sa respiration. Angela l'observe, elle lui caresse la joue, les lèvres, les fesses. C'est un travail de reconnaissance. La couleur étrange de leur peau suspend l'instant, elles sont deux corps qui se cherchent, deux corps sur lesquels danse un rayon rouge. Léonie se penche vers un lobe, veut l'attraper entre ses dents. Un sifflotement leur parvient d'en dessous, Haigle monte.

— Va dans la salle de bains, la porte à côté de la coiffeuse, intime Angela en se redressant.

Léonie obtempère, elle tremble un peu. La pièce est lumineuse, la baignoire immense, blanche. Le mur en baie vitrée fait danser ses rayons dans le fond. Tout dans cette maison donne envie de faire l'amour, Léonie se demande qui l'a décorée. Elle décide de s'asseoir contre la pile de serviettes à côté de la baignoire, elle n'ose plus bouger. Derrière le mur, la porte de la chambre s'ouvre.

Léonie entend la voix d'Haigle, le son d'un baiser, l'humiliation la fait grincer des dents. Draps emmêlés, pieds nus qui rebondissent sur le sol. Un temps s'écoule, elle n'entend plus rien. Les voix filent vers la cuisine.

Léonie risque un pas hors de la salle de bains, la chambre est vide. Déçue, elle va prendre une douche. Sous l'eau chaude, elle ferme les yeux.

Dans sa tête, elle retourne dans le lit à la recherche des jambes. S'appuie contre la paroi. D'habitude, elle évite de le faire sous la douche – question de confort –, mais la sensation d'inachevé est insupportable. Il faut aller au bout, d'une façon ou d'une autre. Le pommeau lui échappe, elle ne le ramasse pas. Au-dessus d'Angela, elle presse sa bouche, s'agite contre sa langue.

VIVIANE

LUNDI – DIX-NEUF HEURES, JOUR J

Angela ne vit plus ici. Ses parents non plus. Viviane se demande si elle ne va pas se mettre à frapper quelqu'un, juste pour vérifier qu'elle existe. Son enquête tourne en rond, ne mène à rien et elle sent que Léonie va s'en tirer, ce qui est beaucoup plus qu'elle ne peut supporter. Les nouveaux locataires ne savent rien, ils sont passés par une agence, ils vivent là depuis dix ans. Le coin a changé, les jeunes sont partis à Lyon, à Paris, à l'étranger. Comme dirait si bien Don Juan, ce crétin fini : « Bon bah... »

Ils sont à une terrasse et ne se parlent pas. Il a peur de ses réactions. S'il savait comme c'est important pour elle que justice soit rendue, il comprendrait. Le répondeur du numéro d'Angela indique à Viviane qu'il ne lui appartient plus. Deux traces qui disparaissent dans la nature, dans la chaleur du sud de la France. Elle commande une bière, la fatigue lui tombe dessus. Elle ferait peut-être mieux de rentrer à Paris, de laisser toutes ces conneries derrière elle comme elle s'était promis de le faire il y a douze ans.

LÉONIE

MARDI – APRÈS-MIDI

Le lendemain, elles ont déjeuné dans le jardin, et Léonie s'est rappelé cette journée hors du temps dans l'Oise. Souvenir flou, sensation agréable. Tout ce qui est antérieur à son arrivée lui semble très lointain, existant dans une réalité parallèle, désormais inaccessible.

Léonie regrette de ne pas avoir pris le numéro de la géante. Elle l'aurait invitée, elles auraient fait un barbecue, avec Eulalie et le chien. Encore faudrait-il se débarrasser d'Haigle. Elle ressert, s'occupe de tout. Si elle est assez intelligente, elle va vite comprendre qu'elle dérange. Angela semble tout à fait à l'aise, raconte à Eulalie des histoires de poney du temps où elle était une grande cavalière – histoires librement inspirées de quelques cours au poney-club du coin – et observe Léonie du coin de l'œil.

Alors que Léonie ne pensait pas pouvoir être plus heureuse, Haigle se lève de table et annonce qu'elle doit faire des courses. Sans regarder

Angela, Léonie propose à Eulalie de faire une sieste.

Une fois qu'Eulalie est couchée, elle hésite quant au déroulement de l'action. Angela n'est ni dans le jardin ni dans la cuisine. Léonie monte, mais Angela ne l'attend pas non plus nue sur son lit. Léonie se balade, fait un détour par la grande salle de bains. C'était là qu'Angela se cachait. Sa culotte au pied du lavabo, inutile. Angela se redresse, des mèches humides s'échappent de son chignon blond.

— Viens.

L'eau trop chaude la brûle, elle n'ose pas se plaindre. Angela l'attire contre elle, elle l'embrasse doucement, avec les lèvres, puis avec les dents. Léonie ne sait pas où mettre ses pieds, sa peau est rouge vif.

— Et Haigle ?

— Peu importe. Rappelle-toi, on avait dit dans dix ans.

Alors Léonie se laisse prendre. Elle voit Angela bouger au-dessus d'elle mais ne sent pas grand-chose. Elle lui ordonne de ne pas s'arrêter, guettant un orgasme fulgurant qui ne vient pas. Elles inondent le carrelage, sans succès. Léonie est un peu déçue. La baignoire se vide, elles sont sorties. Elles finissent debout contre le mur, écrasant les serviettes éparpillées sur le sol. C'est mieux ; elle jouit debout, ça lui rappelle la douche.

Angela guide Léonie jusqu'au lit et l'allonge contre elle. Léonie voudrait lui murmurer des choses merveilleuses, des mots d'amour universels, mais elle sent ses yeux se fermer. Sous l'odeur de savon, elle reconnaît celle de la transpiration. Elle se demande pourquoi elle est aussi épuisée, peut-être qu'elle est juste heureuse. Elle se laisse aller, flotte un moment entre son orgasme et le contact des draps, puis s'endort.

ANGELA

MARDI – FIN D'APRÈS-MIDI

Elle pensait qu'Haigle mettrait plus de temps à comprendre. Elle la regarde hurler, le visage trempé, les lèvres gonflées. La tristesse lui va bien, ce n'est pas nouveau. Haigle lui demande pourquoi, Angela lui demande pardon. Elle répète le mot, inlassablement, sans conviction, et ça fonctionne. Quand Haigle arrête de pleurer, mais pas de poser des questions, Angela est à court d'idées, alors elle se tait. Elle se tait et lui tend une main que l'autre ne prend pas, alors c'est la panique qui s'installe dans son ventre. Pour se rassurer, Angela se répète inlassablement qu'Haigle est une fille optimiste, très, trop, qu'elle lui pardonnera s'il le faut. Angela la prend dans ses bras et sent des ongles trop longs lui déchirer le dos.

— Dis-lui de partir.

Haigle la supplie du regard, si touchante, pure, une véritable campagne de sensibilisation de la SPA. Elle répète, deux fois. Dis-lui. De. Partir. C'est tout ce qu'Angela a à faire, l'incident sera clos si Léonie s'en va. Angela détourne le regard, la discussion ne tourne pas à son avantage. Elles entendent Léonie descendre les marches, Haigle se raidit, Angela s'approche de la baie vitrée. Qu'elles se démerdent.

LÉONIE

MARDI – DÉBUT DE SOIRÉE

Léonie ouvre les yeux, la nuit tombe. Elle entend des cris dans la cuisine et aimerait se rendormir. Tente de ne pas comprendre les mots, mais les hurlements s'imposent. Elle n'imaginait pas Haigle s'énerver, et pourtant il fallait s'y attendre. Elle enfile rapidement une chemise qu'on lui a prêtée et descend sans trop oser lever la tête. En la voyant arriver, Haigle parvient à fabriquer un sourire, c'est prodigieux, il a l'air si sincère. Hôte avant tout, cœur brisé en coulisses. Elle arrange son chignon roux désordonné et se compose une voix assurée. Coiffées à l'identique, elle et Angela ont l'air de deux sœurs que leurs parents auraient particulièrement réussies.

— Léonie, ça ne te dérange pas de manger des pâtes, ce soir ?

La voix d'Haigle vibre, c'est donc dans la gorge qu'elle cache sa colère. Léonie assure que les pâtes, c'est très bien. Elle est un peu triste de se passer des talents culinaires d'Haigle, mais ce n'est pas le moment de la ramener. Elle se sent mal à l'aise, ses doigts pianotent sur le dossier d'une chaise.

Angela leur tourne le dos, fascinée par un petit point au fond du jardin. Le silence s'installe, vraiment, vous n'avez rien à dire ? Elles ne cèdent pas, alors Haigle reprend, son ton est plus amer : autant de silence et d'hypocrisie ne lui facilitent pas la tâche.

— Je ne sais pas si Angela cuisinait quand vous étiez amies – oh, chaton, pense Léonie – mais elle a tout oublié. Et moi, j'ai besoin de prendre l'air.

Sur le canapé, Eulalie a lâché la télévision du regard et observe la scène avec intérêt. Angela consent à se détourner du jardin lorsque Haigle prend son sac. Elle tente de la retenir, avec si peu de conviction qu'Haigle presse le pas et quitte la maison dans un soupir exagéré. La voiture rouge démarre quelques secondes plus tard. La transition n'est pas facile, DJ Angela aux platines tente de reprendre le contrôle de la soirée. Elle se rapproche de la table, tremblante, c'est à peine perceptible, elle se lance :

— Bon, je vais faire chauffer l'eau, installez-vous pour le dîner.

Toutes les trois s'affalent devant une comédie familiale, un plat de spaghettis tièdes posé sur la table basse. L'orage est passé ; Angela lui tient la main. On se fait des sourires, on se donne bonne conscience comme on peut, elles n'ont pas perdu cette habitude. La présence d'Eulalie leur permet de ne pas se poser de questions ;

alors, toujours aussi égoïste ? Et toi, tu bois toujours autant ? C'est quoi ce bleu, c'est qui cette Lore ? Rien de tout ça ; on n'y pense pas, on a besoin de légèreté.

Allongées l'une contre l'autre, jambes emmêlées elles rient aux mêmes moments, belle alchimie. Même l'enfant se marre, c'est dire si elle touche au but. Léonie se sent à sa place : la maison se plie enfin à elle, bienvenue chez toi.

Inutile d'étouffer ses cris, maintenant qu'il n'y a plus personne à tromper. Angela a insisté pour que ce soit dans la chambre d'amis, Léonie s'est laissé faire. Peu lui importait le flacon, tant qu'on la saoulait de promesses. Elles se sont enroulées l'une autour de l'autre, mais la chaleur les a séparées dans la nuit. Un faisceau de lumière par la fenêtre entrouvre ses yeux. Léonie entend la voiture se garer. Angela se redresse, s'extirpe du lit, cherche une culotte à tâtons et disparaît. Léonie l'entend descendre l'escalier, très vite. Ça l'étonne qu'elle ne tombe pas. Léonie a froid. Elle les entend chuchoter en bas, monter. Angela ne revient pas dans leur lit. Léonie écrase une larme contre l'oreiller, elle voudrait que les choses s'arrangent pour le mieux, sans que personne ait à souffrir. Ou du moins, pas elle. Elle n'arrive plus à dormir, il fait trop vide.

ANGELA

MARDI – SOIR

Les trois pirouettes de Léonie ne l'ont pas épuisée, elle guette Haigle comme le dessert. Soupire à chaque voiture qui dépasse le portail sans s'arrêter. Ce lit dont elle ne se sert jamais lui casse le dos, pourtant elle n'a aucune envie de rejoindre sa chambre seule. Son portable est resté en bas, chaque seconde lui semble durer dix ans. Alors que recommence l'éternité, sortie de nulle part, Haigle se gare. Le capot bute légèrement contre la grille, belle ambiance en perspective.

À peine entrée elle se justifie, elle est allée chez une amie, elles ont dîné ensemble, son mari était là. Angela n'a rien demandé, au contraire, il serait plus excitant d'imaginer qu'Haigle veuille se venger ; un peu de vice ajouterait au charme. En lieu et place d'insultes, elle lui balance sa sincérité ; c'est efficace, Angela s'en voudrait presque.

Une fois les excuses renouvelées – inventera-t-on un jour des mots moins vides pour ce genre de situation ? –, les deux sont épuisées, s'accordent sur une trêve. Comme elle l'a fait quelques heures plus tôt avec Léonie, Angela prépare le sommeil, prend Haigle par la main et la met au lit. Un à un elle lui retire ses vêtements, la couvre de draps, le tout en restant bien hors de portée. Elle lui caresse le dos, jusqu'à ce que l'autre fasse semblant de dormir. Chaque chose à sa place, et aucune tête plus haute que la sienne.

La tête abandonnée d'Haigle appuie sur son épaule, elle a mal. La douleur lui engourdit le bras et lui donne envie de frapper cette joue tendue. Elle ose à peine la regarder, tant elle a peur de la réveiller. Elle sait que bientôt, le sommeil sera évaporé et qu'il ne sera plus question que de discussions interminables sur l'avenir, le chagrin et la pitié. Alors qu'elle tente de s'endormir à son tour, Angela se dit que la situation serait plus vivable si elle était saoule. Sans qu'elle veuille se l'avouer, l'habitude de sortir est devenue une nécessité. Son ventre appelle la nuit, appelle le bar, les corps, plus que tout appelle la perte des repères et l'engourdissement. La lucidité la met de mauvaise humeur ; elle en veut à la petite d'occuper la chambre du bas. C'est l'antre qui abrite la fin de ses nuits, le refuge où elle peut respirer, couverte de sueur, la nausée contenue.

La première fois qu'elle avait dormi dans l'autre chambre, elle n'avait pas eu le choix. Impossible de monter l'escalier, mont Everest de l'ébriété qu'elle abandonnait sans même l'envisager. Elle avait balancé son cadavre sur le canapé-lit. Un sommeil de plomb. L'absence d'Haigle au réveil avait été une révélation.

Elle avait eu le droit d'être mal, le droit de se plaindre. Le droit de ne pas faire comme si elle n'avait pas trop bu. Le droit de ne pas prétendre qu'elle allait faire quelque chose de sa journée, et par extension, de sa vie. Ne pas se réveiller jugée par son quotidien, par la photo de ses parents sur l'étagère, par la peluche qu'elle conserve en haut de l'armoire. L'alcool donnant vite des habitudes, elle a de moins en moins tenté l'escalier qui tangue. Elle disait à Haigle que c'était pour ne pas la réveiller, on n'en avait plus parlé. Savoir qu'elle aurait le temps de faire disparaître toute preuve de ses conneries alcoolisées a largement contribué à en repousser les limites. Elle n'a plus demandé aux types de jouir à côté, elle les laissait libres de balancer où ils voulaient. Elle se cassait plus facilement la gueule, nettoyait le sang le lendemain. Seule la petite chambre était témoin du carnage.

Les dix dernières années de sa vie défilent sous ses paupières trop serrées. Angela se sent à l'étroit dans son corps, elle voudrait le laisser là, partir en vacances. Enfin l'offrir aux mains qui la hantent quand elle dort, laisser son esprit vadrouiller sans enveloppe jusqu'à la fin. Elle veut se débarrasser des bleus et du regard de ceux qui l'ont vue tomber à l'aube, à quatre pattes devant la porte. Crever les yeux qui l'ont jugée quand elle était incapable de tenir debout, un bout de papier appuyé contre son arcade éclatée. Elle ne va pas s'excuser d'avoir trouvé sa voie ; c'est sale, douloureux et l'odeur ne part jamais vraiment ; et pourtant c'est beau. La vraie vie, loin des femmes sentimentales.

Dans son sommeil, Haigle roule sur le côté et libère l'épaule. Angela se redresse, prête à décamper. Vite descendre, passer une veste, retrouver l'air frais. Elle bouge un peu, légère, mais impossible de quitter le navire. Quand ses yeux tombent sur le dos nu aux reflets bleus, elle oublie sa claustrophobie. Éclair de lucidité, regarde comme elle existe. Une tendresse qui doit tout à la pitié lui monte au cœur. Il faut que ce dos soit heureux et sain, qu'il reste collé à son ventre. Elle le sent, l'embrasse, lèche les creux ; affamée par son voyage mental et la peur du vide.

LÉONIE

MERCREDI – MATIN

Le lendemain, Haigle a perdu sa bonne humeur factice et traîne dans la maison, visage fermé. Elle ne prépare plus le petit déjeuner, ne joue plus avec Eulalie. Pendant les repas, elle affiche un sourire forcé, mais la vingtaine dissimule mal. Angela essaie sans succès de la ranimer. Léonie les regarde se renifler, se suivre, elle est confiante. Elle n'éprouve ni la sensation d'être de trop, ni la nécessité de s'en aller. Elle sait comment l'histoire va se terminer, elle sait qu'Haigle ne pourra pas rester. L'atmosphère est irrespirable, mais elle, elle survivra. Elle attendra que la lourdeur ait chassé l'intruse.

L'heure est plus à la discrétion qu'au respect sous quelque forme que ce soit. Au détour des portes, Angela la coince contre le mur, l'embrasse, lui promet que c'est bientôt fini. Une jambe contre sa hanche, comme preuve de sincérité ; si j'ai envie de toi, tout ira bien. Elle promène ses lèvres humides le long de son cou, et tout s'arrange. Léonie laisse sa tête prendre appui sur l'épaule bronzée qui ne la laissera pas tomber.

Dans la maison, elles font d'immenses efforts pour contenir leurs larmes et faire semblant devant Eulalie ; le résultat est aléatoire. Souvent l'enfant s'éloigne, et si elle revient, c'est parce qu'elle a faim, ou sommeil. Le reste du temps, elle est ailleurs. Léonie se dit que si Lore a su trouver la clé, elle y arrivera aussi, le moment voulu.

VIRGINIE ET CASSANDRE

JEUDI – APRÈS-MIDI

Cassandre prend son temps pour rouler, s'interrompt toutes les deux secondes pour raconter des trucs et des machins, ça l'emmerde. D'un coup, Virginie plonge sur la feuille, la cale entre ses doigts, hop, ça c'est fait. S'en veut dès qu'elle croise le regard de Cassandre et qu'elle comprend que c'est exactement ce que l'autre attendait d'elle. Cassandre roule bien, elle pourrait aller plus vite, elle voulait juste vérifier, savoir si Virginie lui cachait un truc. Dans la brutalité du geste transparaît la réponse. La brune cligne des yeux, rassurée.

— T'es trop lente…

Virginie tente de se justifier, merde, pourquoi elle a fait ça. Cassandre hoche la tête, large sourire cette fois, plus Virginie lui en donne, plus elle prend. Se mettent à fumer.

Cassandre a fermé les rideaux de sa chambre, elles laissent le soleil aux autres, créent une petite ambiance pour leur rendez-vous. Sans prévenir, Cassandre se tourne vers elle, lui plante les yeux dans la tête. Virginie se demande si c'est son mec qui lui a appris à faire ça. Sans vraiment le connaître, il la met mal à l'aise, avec sa façon de scanner les gens. Elle soutient le regard, pas inquiète, pas sereine non plus. Et, alors que c'est la fille la plus terre-à-terre du siècle, qu'elle ne communique que par les mots, et que plus ils sont simples et percutants, mieux c'est, elle capte la question dans le sourire de son amie. C'en est trop pour elle, même défoncée. Virginie fixe le plafond, elle ne va pas céder.

— Non.

— Menteuse.

Quelque chose dans la façon de Cassandre de couler sa phrase, de rouler son cou dans son épaule, force Virginie à lui faire face. Elles se connaissent depuis un moment, sans trop savoir comment. Elles se sont retrouvées dans la même pièce un soir, pas eu besoin de plus. Comme entre Cassandre et Léonie, ça avait été le coup de foudre. Pas une valeur en commun, mais une puissante envie de passer du temps ensemble. Cassandre l'avait séduite, Virginie l'avait adoptée. Peu de gens pour qui elle prendrait la caisse à l'improviste, sans autre but que celui de tuer l'aprèm', comme des gosses.

Le temps passe et la scène est photogénique. Un rayon de soleil tape une fumée très bleue, silhouette des heures volées, le monde manque cruellement de telles visions. Allongée sur le lit, Virginie parcourt ses cheveux blonds du bout des doigts. Courts, épais, ils retombent les uns sur les autres sans bruit. Son débardeur large est remonté sur ses côtes, elle est moins fine qu'il n'y paraît, plus brute, plus bandante, aussi. C'est ce qui traverse l'esprit de Cassandre, assise en face. Le fauteuil tourne très légèrement sur le côté, elle vit des embardées de folie, regard vague, amoureusement baladé sur le corps de sa pote. Elles font souvent ça, c'est transcendant. Pas moyen de se mettre une main sur l'épaule pour se réconforter, mais pour déshabiller du regard, ça ne se gêne pas. Cassandre exhibe son ventre, la chemise entre les dents, entre la chienne et l'enfant. Virginie incline la tête, lui sourit. C'est doux, se dit l'autre, le corps engourdi.

— Tu penses à elle ?

Virginie hoche la tête. Elle pense à elle, oui.

— Allez, je t'emmène boire un verre.

Aucune envie d'affronter le monde extérieur, ni de refuser. Dans les vapes, elles avancent vers la porte, au ralenti, tout sourire. Virginie remarque le trou de sa cigarette sur le parquet. Avant de fermer à clé, Cassandre la regarde, éclate de rire.

— Phase pas comme ça. Elle reviendra Léonie.

VIVIANE

SAMEDI – MATIN

Don Juan s'est assoupi à la terrasse du restaurant. Il n'a pas fini son lait-grenadine. Quel genre d'adulte fonctionnel commande un lait-grenadine ? Il doit se sentir libre d'exprimer sa véritable personnalité, puisqu'elle n'est pas une cible potentielle. Viviane se demande comment il drague, sûrement très mal. D'ailleurs, elle a lu ses messages ce matin, sa petite amie l'a quitté. Aucune raison valable, un florilège de platitudes, on espère que sa carrière s'en portera mieux, du coup.

Le type a la tête renversée, les lèvres entrouvertes. Aucune tenue. Pour une raison qui lui échappe, Viviane a toujours été rebutée par l'image d'un homme endormi. L'impression que leur peau devient soudain épaisse, très… vraie. Mais à bien y regarder, il n'est pas si mal. Pas très fin, et pourtant, une certaine grâce dans le mouvement, imputable au fait que, elle est forcée de le reconnaître, Don Juan est un mec bien. Droit dans ses pompes, sans regrets ni rêves, sans ambition autre que celle de bien faire. Il la met face à ses propres motivations, et c'est une des raisons pour lesquelles elle n'aime pas le regarder. Ça, et l'espèce de poireau qu'il a dans le cou. Quand même, il y a des opérations pour ça. Enfin, peut-être qu'elle pourrait lui trouver une nana sympa, puisqu'ils n'ont plus rien à faire.

L'idée d'avoir perdu la trace de Léonie la rend malade. Cette petite conne qui se balade, libre comme elle l'a toujours été, cette abrutie qui n'apprendra jamais que tout ne lui est pas permis. C'est le genre d'injustice qu'elle voulait combattre dans la vie, c'est pour ça qu'elle était devenue flic. Ça, et le fait qu'elle n'avait aucun talent pour quoi que ce soit.

Viviane allume une cigarette, elle ne fume plus depuis douze ans, à quoi bon s'y tenir maintenant. Depuis douze ans qu'elle attend un événement spécial pour fumer, il lui semble que cet événement n'aura pas lieu. Elle tire sur le filtre et tente d'ignorer la nausée qui monte. Quelque part, elle imagine Léonie fumant elle aussi une cigarette, insouciante. Elle aurait aimé une confrontation, juste assez rapide pour lui envoyer son poing dans les dents. Elle aurait voulu revoir Angela, la regarder une dernière fois. Lui demander si elle a reçu les lettres. Elle vide le lait-grenadine, il ne fait même pas beau dans le Sud. Quand son portable sonne, numéro inconnu, elle décroche sans y penser.

Viviane raccroche. Elle attrape le bras de Don

Juan et le secoue sans ménagement. Ses yeux brillent.

— Réveille-toi, on va y arriver.

Il la regarde à travers ses cils. Chaque fois qu'il la voit dans cet état, il a envie de partir très, très loin. Viviane éteint sa cigarette, c'est la première qu'il la voit fumer. Ils montent dans la voiture, direction Eygalières. Il ne lui pose aucune question, il pense à sa rupture, il a envie de rentrer chez lui.

LÉONIE

SAMEDI – APRÈS-MIDI

Le temps commence à être long. Elle voit bien dans le regard d'Haigle qu'elle se sent encore chez elle. Elles sont là depuis quelques jours déjà, et la promesse d'Angela, silencieuse mais tout aussi valable, s'est fondue dans le paysage. Une vague inquiétude surprend Léonie, entame sa confiance. Un pourcentage infime, mais tout de même. Les réveils sont plus difficiles, les repas plus pénibles, elle ressent elle aussi de plus en plus l'envie de prendre l'air. Et pourtant à quoi bon, puisque les fuites sont réservées à Haigle qui sort désormais chaque jour après le déjeuner. Elle prend encore la peine de prévenir, mesure inutile ; dès le dessert, on l'ignore par anticipation.

La journée s'annonce douce et sans surprises, c'est épuisant. Seul fait notable, Angela a été drôle pendant le repas, quelques blagues pour changer des éternels commentaires sur la météo, la mort prochaine de telle ou telle plante ou encore les pays limitrophes et pourquoi on est mieux ici. Au moment d'entamer la tarte aux pommes, Eulalie a demandé à aller chercher la Barbie qu'Angela lui a offerte, il paraît que la poupée adore ce dessert. Léonie a fini par céder et l'accompagner dans la chambre. À leur retour, Haigle les embrassait de loin et démarrait. Angela s'est dispensée de faire le moindre commentaire. L'économie des mots fait désormais loi dans la maison.

Ciel gris malgré la chaleur. Eulalie joue dans le jardin, Léonie l'observe de loin, un verre de rosé tiède à la main. L'alcool la rend optimiste, Haigle est partie plus tôt aujourd'hui, c'est un signe. Demain, peut-être s'en ira-t-elle chargée de valises, demain on ne la verra plus. Angela lui a donné la preuve de sa sincérité, hier encore contre la porte d'entrée. Elle prendra les choses en main si Haigle s'éternise. La chambre d'amis est devenue leur refuge, Léonie s'y est attachée, il faudra penser à transformer l'autre en bibliothèque, ou pire. Léonie commence à être un peu ivre quand on sonne au portail.

Angela ne sort pas de la maison, de la cuisine s'échappe une cacophonie, mélange d'assiettes maltraitées et d'éclaboussures. Angela ne s'occupe jamais de la vaisselle. Léonie va ouvrir. Eulalie n'interrompt pas son jeu, pas même quand la grille s'ouvre sur les deux policiers. Léonie met quelques secondes à comprendre, elle recule, mais à quoi bon. Elle regarde vers la cuisine, Angela ne vient pas à son secours. Le bruit des assiettes a cessé.

Le visage de Viviane se fend, sourire carnassier, belle illustration du concept de haine. Elle est toujours aussi peu attirante, mais ce n'est pas vraiment une consolation. Paralysée, Léonie la fixe : ce n'est pas tous les jours que l'on tombe sur sa pire ennemie d'adolescence. Cerveau éteint, elle parvient seulement à se répéter « Que tu es laide, ma pauvre » dans sa tête. Léonie panique tellement qu'elle ne s'en rend pas compte ; comme d'un cauchemar particulièrement peu réaliste, elle est persuadée de se réveiller d'une minute à l'autre. Vivement la fin. Viviane approche, vite, il faut mettre un terme à ce fantasme délirant. Quand leurs peaux se touchent, le frisson de dégoût l'informe que ça n'arrivera pas.

— Salut Léonie. Depuis le temps.

Le bourdonnement dans ses oreilles l'empêche de réfléchir, de toutes les façons il n'y a plus rien à faire. Elle tente de s'arracher par la droite, l'autre est plus forte et la maintient sans effort. Pas si vite, Léonie, pas si vite. La poigne lui casse l'avant-bras, elle pleure de douleur, l'autre serre plus fort.

VIVIANE

C'est pas dans les règles, mais ça fait beaucoup de bien. Don Juan ouvre la bouche, et pour ne pas lui faire ce plaisir – qu'elle surestime largement –, Viviane relâche sa prise, remplace ses griffes par des menottes ; te fais pas des idées, c'est une arrestation, pas un règlement de comptes. Où tu vas chercher ça, y a aucun problème j'te dis, regarde, elle saigne à peine.

Au nom de la loi, Viviane l'arrête. Dans sa voix on entend qu'elle prend un pied pas possible, tu vois Léonie, la roue tourne et peut même laisser son empreinte dans ta peau. Elle lui lit ses droits et Don prend Eulalie par la main pour l'entraîner vers la voiture. Eulalie résiste, appelle Angela ; c'en est trop, les neurones connectent d'un coup, il faut se casser. Léonie se débat, griffe, crache au visage, lâche-moi salope. Viviane, tranquille, lui fait remarquer que son haleine sent le vin. Jette un coup d'œil à l'enfant, tout ça pour ça, vraiment Léonie, t'as aucun sens des priorités.

La porte s'ouvre, ça ne va pas arranger les

choses. Angela sort de la maison, les yeux rivés sur un point en hauteur. C'est au tour de Viviane de prendre une belle claque. Décidément, ces retrouvailles ne sont pas de tout repos. Des centaines d'images s'imposent ; douze ans de frustration, de moments imaginés, de scènes improbables, toutes concentrées sur ce visage, et elle est là. Tout de suite, Viviane remarque un bleu à l'épaule, l'autre dans la démarche, la cassure du nez, bien réparée mais pas invisible. Qu'as-tu fait tout ce temps ? Viviane s'approche d'Angela, incertaine. Elles prennent un moment pour s'observer, leurs corps ravis, elles hésitantes. Les questions s'évanouissent, il n'y a qu'une chose à faire ; Viviane la serre contre elle. Il faut trouver la place pour une épaule, ne pas heurter les os. Un instant, s'il te plaît.

Au moment où elle relâche son étreinte, Angela l'embrasse. Elle la prend par la nuque, lèvres entrouvertes, déterminée.

Son corps se dissout. Ne reste que le cœur en morceaux et son ventre, brûlant, qui exige plus. Ses mains hésitent, caressent les joues, le cou, les épaules, le dos. Angela embrasse comme à seize ans. Sur ses lèvres, elle retrouve sa meilleure amie, l'âme sœur, le seul refuge. Viviane sent que ça va s'arrêter, cherche sa main pour la retenir. Angela est partie. À dix mille mètres au-dessus de son corps, Viviane remonte dans la voiture.

ANGELA

Elle n'en avait pas envie, elle s'était promis de ne pas le faire, mais elle avait besoin de la voir. Juste un instant dehors, aucune envie de se confronter à Léonie, encore moins à la petite qu'elle n'entend pas encore chouiner, mais ça ne saurait tarder. Juste un instant, satisfaire sa curiosité et refermer la porte.

Juste un instant, c'est raté, déjà ses jambes l'emmènent, mais où va-t-on, et pourquoi. Elle est incapable de s'arrêter plus tôt, la honte, tant pis. L'étreinte est puissante, c'est sexy, une policière. Il faut garder le contrôle, même si ça vrille le ventre. Viviane est laide, mais qu'est-ce qu'elle l'excite. Angela s'étonne du manque de communication entre ses yeux et sa chatte. Ne pas se laisser aller, ne pas… mais déjà, ses lèvres s'appuient où elles ont laissé une trace douze ans plus tôt. Besoin de ta langue, maintenant, moi aussi j'ai pensé à toi quand j'étais seule la nuit ; ne le dis à personne. L'autre flic ne les mate même pas pendant qu'elles se roulent des pelles, il a l'air embêté d'être là.

Elle ne pensait pas que Viviane continuerait de fumer sans elle, mais l'arrière-goût de tabac prouve qu'elle s'est trompée. Il lui semble que ça dure des heures : elle a eu ce qu'elle cherchait, et là, ça devient gênant. Elle se décolle de Viviane – surtout ne pas la fixer, ne pas provoquer le dialogue. D'un pas élastique, quitte la scène, elle irait bien se toucher. Au revoir tout le monde, bonne continuation.

LÉONIE

Léonie voit la scène se dérouler au ralenti. Elles restent comme ça quelques secondes, ancrées dans le passé. Léonie se sent vidée de ses forces et ne bouge plus. On la pousse dans la voiture, elle n'oppose aucune résistance. Ils démarrent, Angela rentre chez elle.

La maison a disparu dans un virage. Ils n'ont pas dit où ils allaient, mais ça n'a pas d'importance. Viviane est hilare, elle se tourne sans arrêt vers Léonie. Difficile de déterminer ce qui l'excite le plus, le baiser ou les yeux vides qui l'évitent. Comme si elle comprenait quelque chose à la situation, Eulalie pleure, agrippée à Léonie. Autant s'adresser aux sièges, parce que l'autre est maintenant très loin dans sa tête. Viviane tente de rassurer l'enfant :

— T'inquiète pas petite, tu seras toujours mieux sans elle.

— Non !

Et elle se remet à hurler. À son tour, Don Juan essaye de calmer Eulalie. Il lui explique qu'ils vont prendre soin d'elle, qu'il ne faut pas avoir peur. Il parle doucement et ses mots semblent atteindre leur cible. Être l'aîné de quatre enfants paye. Il ne se sent pas aidé par l'égoïsme ambiant ; sauver Eulalie semble moins leur importer que de se foutre des claques. L'attitude de Viviane le fatigue, ramener Léonie l'indiffère, les pleurs de la petite lui fendent le cœur. Il ne sentait pas l'affaire et se sent plutôt face à un échec – encore un. Il n'a pas plus envie de rentrer qu'elles, il va devoir annoncer à ses potes qu'il s'est fait larguer, encore une fois. Il aurait préféré rater sa mission, être relégué dans un bureau sombre et tranquille.

Ils roulent pendant une demi-heure. Viviane passe des coups de fil à ses supérieurs. Au ton de sa voix, on devine qu'elle ne laisse que des messages vocaux. Tout le monde s'en fout de la gamine, le pays est en alerte rouge. Entre chaque appel ignoré, elle prend le temps d'insister :

— Mais on est cons – Don Juan apprécie –, évidemment qu'elle était là. On n'y croyait plus et puis, un coup de fil d'Angela. La mauvaise planque.

Léonie sent les larmes monter, puis redescendre faute d'énergie. Elle ne parvient plus à fixer ses yeux sur quoi que ce soit, tout est flou autour d'elle. La rage qu'elle aurait pensé éprouver s'avère bien loin de cet état cotonneux dont elle espère ne jamais sortir. Plus rien n'a d'importance, Paris, Eulalie, la survie au sein de la société.

Angela ne l'aime pas, elle ne l'aime plus, elle l'a offerte sans autre forme d'hésitation. C'est au-delà de l'indifférence, Angela a joué avec elle, elle l'a regardée lutter pour remonter jusqu'à la surface, l'a laissée aspirer quelques bouffées d'air frais, puis l'a repoussée d'un coup de pied, l'œil bleu déjà ailleurs. Le pire, c'est qu'elle n'avait rien vu venir.

VIVIANE

L'itinéraire est simple, l'aéroport de Marseille, puis un accueil triomphal à Orly. Comme si c'était l'affaire du siècle. La voiture se gare devant une station Total. Viviane leur demande s'ils veulent quelque chose, personne ne lui répond. Elle sort en sifflotant, dans sa tête elle est déjà à Paris. Elle se voit revenir à Eygalières dans une semaine, offrir des fleurs, des chocolats ou son corps à Angela pour la remercier.

Il fait frais dans la station-service mais ses lèvres brûlent. Le baiser lui a retourné le ventre. Aux toilettes, elle se regarde dans le miroir, se confronte à l'image handicapante qu'elle se trimballe depuis toujours. Elle range ses cheveux derrière ses oreilles, ne se trouve pas si mal. Elle prendrait bien un petit selfie, tranquille, mais son portable est resté dans la voiture.

Assise sur la cuvette, elle ne pense pas tout de suite à remonter son jean. Elle reste là, le menton enfoncé dans ses paumes. Tout son esprit est concentré dans l'effort suprême de revivre le moment, de recréer la chaleur et les torsions du bas-ventre. C'est de plus en plus fade, mais ça reste mieux que tout ce qu'elle a connu dernièrement.

Elle oublie un instant que Léonie et la petite sont sur la banquette arrière de la voiture, qu'ils doivent boucler cette affaire, les livrer ; elle pense à la douceur des lèvres retrouvées, au parfum d'amande. Elle revoit les grands yeux bleus d'Angela s'écarquiller, la reconnaître, se rapprocher. Elle sent encore le souffle entre ses lèvres, la respiration partagée. Ses mains s'agitent dans le vide. Viviane a besoin d'une glace, d'un Coca light, de pâte d'amande, d'un autre baiser.

ANGELA

SAMEDI – FIN D'APRÈS-MIDI

Elle avait toujours glissé d'une fille à l'autre, sans autres regrets que ceux qui durent le temps d'une bouteille de vin. Le danger lui était plus doux que le confort, la mollesse la gavait jusqu'à la nausée ; tout était meilleur à prendre que ce qu'elle possédait déjà. Connaissant ce paradigme ancré en elle, Angela avait été surprise par sa propre décision.

Ça l'aurait fait marrer de renvoyer Haigle à ses rêves, après l'avoir bousillée un peu. De la retrouver quelques semaines plus tard, pourquoi pas. Lui promettre beaucoup, la refaire tomber de haut.

Angela adore rompre, savoure l'apitoiement sur elle-même dans lequel la plonge la souffrance qu'elle peut engendrer chez une fille. Savoir qu'elle commet l'irréparable, se déresponsabiliser en se disant que sécher les larmes dont elle est responsable serait plus cruel que de les laisser couler. Cette fatalité lui plaît : « Je ne t'aime plus, je ne peux pas me forcer, ce ne serait juste ni pour toi ni pour moi. » Que répondre à ça ? Puis vient la phase la plus excitante : la lutte. Quand elles se débattent, au bout du téléphone ou devant sa porte. Elles se tordent de désespoir, supplient, promettent. Promettre quoi, dis-moi tout. Invente-toi des défauts, flagelle-toi, c'est bon pour la circulation du sang. Il faut leur retirer jusqu'à la dernière goutte de respect qu'elles éprouvent pour elles-mêmes. Une activité délectable. Voir jusqu'où l'amour peut pousser, puisqu'elle n'en sait rien.

Pourtant, elle refuse qu'Haigle subisse ça. Ou plutôt, elle adorerait qu'Haigle subisse ça. Elle en tirerait une excitation supérieure à toutes les autres, mais elle n'y survivrait pas. Mise à la porte, Haigle ne reviendrait pas. Elle aurait mal, perdrait un peu d'innocence, mais partirait sans se retourner, sans se battre. Trop jeune, trop belle pour ignorer que sa vie commence là. Pour ne pas perdre la guerre, Angela décide de la laisser gagner la partie.

Elle aime Haigle autant que faire se peut, par périodes et mornes plaines. Ce n'est pas tant ce sentiment qu'elle prend en compte que l'état général du monde. À la télévision, par sa fenêtre, elle a vu ce qui l'attend. L'État islamique, la guerre. La place de la femme, rétrogradée, et le viol déclaré toutes les quarante minutes en France. L'homophobie, les agressions, une jeune poignardée et décédée à la Gay Pride. La violence, et le manque d'éducation des jeunes. La vieillesse qui n'attendra pas qu'elle soit prête, et son corps qui deviendra plus lourd, les escaliers plus douloureux. Sa beauté qui s'évanouira, et avec elle, toutes les distractions qu'elle connaît. L'argent, dont elle aura un jour besoin et qu'elle ne saura pas gagner. La pollution et les dizaines d'espèces animales qui disparaissent en silence chaque jour. L'air qu'elle respire qui va lui déclencher un cancer du poumon.

Angela n'a pas la force de regarder le monde crever toute seule. Elle a besoin d'un parfum contre lequel se réfugier, de bras pour s'endormir avec la gueule de bois. Si les choses doivent mal tourner, elle veut un corps à serrer contre elle, à qui promettre qu'elles se retrouveront quelque part là-haut, Inch Allah. Quand elle imagine ce qu'il peut lui arriver de pire – mourir se positionnant très loin dans le classement –, elle veut le vivre avec Haigle. Elle veut l'embrasser en pleurant après chaque catastrophe, être la dernière personne à la toucher avant la fin. Personne d'autre ne lui apporte ce sentiment d'ennui, de sécurité éternelle. Pour ça, Angela renonce au spectacle des larmes, de ses convulsions, à son départ de la maison. Alors il a fallu éloigner Léonie avant qu'elle ne gâche tout, encore une fois.

Aucune mauvaise conscience n'a ralenti son geste, aucun doute ne l'a interrogée. Elle a composé le numéro de Viviane comme elle aurait commandé une pizza. Pas de pitié pour les connes.

Haigle est rentrée, moins sombre que d'habitude. Peut-être qu'elle sait.

— Elles sont parties.

Elle lui a donné quelques détails pour appuyer sa loyauté, excluant ce sensationnel baiser du récit. À l'entendre, tout était prévu depuis longtemps. Haigle l'a dévisagée, une lueur inconnue au fond de l'œil. Elle l'a serrée contre elle, à lui faire éclater les côtes. Angela est ravie, quel bon tyran elle fait. Elle a proposé de se bourrer la gueule au champagne, de faire le couple qui redémarre ; une journée romantique, avant d'aller se faire prendre dans une station-service. La vie peut reprendre, on est bien chez soi. Le soulagement est tel qu'Angela en fait des tonnes, ça l'éclate, aucune limite.

Haigle rit, propose d'aller acheter les bouteilles. À croire que sa caisse lui manque déjà.

Elle est partie, reviens vite, bébé. Angela est étendue sur le lit, elle ne se touche pas. Elle pense être assez excitée pour jouir sans préparation ; il lui suffira de penser à Viviane. Alors qu'elle balance une main derrière elle, elle est surprise de ne rien entendre tomber. Angela se retourne, la table de nuit d'Haigle est très bien rangée. Très vide, en fait.

Angela met une dizaine de minutes à comprendre. Elle se sent conne.

LÉONIE

Ils sont trois abrutis dans une voiture, on ne peut pas faire pire comme dénouement. Eulalie renifle, elle défait la ceinture qui gêne ses mouvements et se roule contre Léonie. Don ne réagit pas, il observe le soleil réchauffer les bâtiments, se dit qu'il doit faire chaud à l'intérieur. Lui qui vient du Nord, il se verrait bien habiter dans une serre pleine de lumière, changer d'atmosphère. Il se demande un instant si c'est l'univers intra-utérin de sa mère qui lui manque comme ça. Il chasse vite cette idée. Il se contentera d'un bureau et d'un téléphone, pourvu qu'on ne lui demande plus jamais de faire équipe avec Viviane.

Personne, à l'exception d'Eulalie, ne remarque la voiture rouge arrêtée à leur droite. La petite tire Léonie par la manche, regarde, c'est… mais Léonie la repousse, laisse-moi. Laisse-moi, pardonne-moi. Haigle sort de la voiture et fait signe à Don Juan de baisser sa vitre. Léonie lève les yeux vers elle, se demande vaguement ce qu'elle fait ici. Haigle plonge la tête dans la voiture et plante ses lèvres sur celles du flic. Léonie écarquille les yeux, manquait plus que ça. Haigle leur fait signe de sortir, elles obtempèrent, entre le choc et le rire.

DON JUAN

Elle sent un mélange de vanille et de lait. Comment est-ce arrivé ? Il a vu de grands yeux l'observer, le juger apte et fondre sur lui. Les lèvres d'Haigle sont douces et épaisses, elle fait ce qu'elle veut de lui, presse une langue chaude contre la sienne. Il bande comme un gamin. Une partie de son cerveau essaye de lui faire comprendre qu'il se fait avoir, mais il la fait taire, veut croire qu'elle le trouve attirant. Il plonge ses mains dans la chevelure rousse, s'accroche à un dernier souffle, mais déjà elle s'échappe dans un éclat de rire. Il n'a pas besoin de se retourner pour savoir qu'elles ne sont plus sur la banquette, pas plus que les clés des menottes à sa droite. Il passe sa langue entre ses lèvres, veut garder le goût encore un peu. Il s'en fiche d'avoir failli à sa mission, elle est la plus jolie fille qui l'ait jamais embrassé.

LÉONIE

— J'aurais tellement aimé voir sa tronche.

Haigle en rit encore, les yeux un peu plissés par le soleil. Sur la banquette arrière, Eulalie tente de se retourner pour apercevoir la caisse des flics qui a disparu depuis longtemps. Léonie se frotte les poignets, et sent la chaleur regagner ses membres. Son avant-bras la lance, une vraie torture, elle s'en occupera plus tard. Elle sent confusément qu'elle est libre, qu'elle devrait se réjouir, mais n'y croit pas encore. Léonie s'enfonce dans son siège, incapable de calmer le tremblement de ses jambes. Haigle comprend que sa passagère est paumée, elle pose une main amicale sur son épaule. Sa peau est chaude et sèche.

— Ça va aller ?

Léonie hoche la tête. Ce contact la gêne, la nausée ne s'est pas encore dissipée. Les questions se bousculent dans sa tête, la première qui lui échappe est la moins importante.

— Qu'est-ce que tu fous ici ?

Haigle rit, allume une cigarette. Léonie ne savait pas qu'elle fumait. Elle hésite à en prendre une, mais Haigle a déjà rangé le paquet. Sa main est repartie sur le volant, ses doigts jouent le rythme qui s'échappe de la radio. Léonie se demande si cette fille prend parfois le temps d'être triste. Elle pourrait en avoir besoin, vu les circonstances. Haigle tire sur le filtre, cherche ses mots.

— Je m'attendais plus ou moins à un truc comme ça de la part d'Angela. C'est une fille géniale – elle recrache un jet de fumée et se concentre sur la route –, mais c'est dur de vivre avec elle. On ne sait jamais sur quel coin ça va tomber.

Elle fait une pause, parce que la boule grossit dans sa gorge. Elle ne sait pas si Léonie a remarqué le changement de ton, elle évite de la regarder. Une fois que sa voix est de nouveau stable, elle achève :

— Bref, j'ai fini par comprendre. Vous n'étiez pas spécialement discrètes.

Léonie sait qu'elle devrait se sentir mal, mais elle a envie de rire. Elle ignore ce qui la soulage le plus, d'avoir échappé à Viviane ou à Angela. Un drôle de poids la quitte, comme si tombée de très haut, elle se rendait compte que sa chute l'avait laissée indemne.

Haigle cherche ses lunettes de soleil dans la boîte à gants. Une fois installées sur son nez moucheté, elles lui donnent un petit air de Julia Roberts, sur l'affiche du film *Erin Brockovich.*

— Ensuite je suis rentrée et vous n'étiez plus là. Angela m'a dit ce qu'elle avait fait, qu'elle l'avait fait pour moi, parce que ta présence menaçait notre couple.

HAIGLE

Haigle se mord la lèvre. Qu'est-ce qu'elle n'aurait pas donné pour être naïve et croire encore à cette histoire. Elle grave dans sa mémoire le dernier baiser, la dernière fois qu'elle a serré contre elle le corps, qu'elle a eu droit au regard fuyant. Elle avait lutté souvent, beaucoup, avant d'admettre que ça ne fonctionnerait pas, qu'Angela était trop égoïste, trop joueuse, trop violente. Haigle était sortie de la maison, était montée dans sa voiture. S'était promis de l'appeler, dans un mois, dans un an. Pendant les premiers kilomètres elle avait eu envie de pleurer, puis l'excitation s'était installée dans son ventre.

— Je vois.

La voix de Léonie l'exaspère, ce n'est pas personnel, mais elle a quand même détruit sa vie. Haigle n'avait pas envie qu'on lui ouvre les yeux. Une profonde inspiration facilite le passage des mots.

— C'était peut-être vrai. Mais comme je te l'ai

dit, c'est épuisant de vivre avec elle. Si en plus elle devait commencer à me tromper… C'est pas que pour t'aider, ça m'arrangeait aussi. J'avais envie de conduire, alors je suis passée vous récupérer. Ça valait toujours plus le coup de rendre deux personnes heureuses qu'une seule à moitié.

La voiture s'étire, heureuse de voir du pays. Haigle s'y sent bien, c'est tout ce qui lui reste. Une Peugeot rouge et ses clés, le pantalon jaune moutarde qu'elle porte et un haut qui ne lui appartient pas. Vingt-quatre ans, un diplôme, quelques milliers d'euros sur son compte qui ont échappé aux travaux de la maison qu'elle n'habitera plus. Cette dernière pensée lui soulève le cœur, difficile à accepter.

Native du Taureau, Haigle peut se passer de femmes, pas du sol. La maison lui manquera, lui manque déjà. C'était hier qu'elle découvrait les murs qui abriteraient son corps, plus durablement que tout ce qu'elle avait connu, pensait-elle. Dans la signature du contrat, elle avait vu la fin de l'attente ; sur ce parquet, le centre du monde. Les pièces et les objets défilent à toute vitesse, inventaire de ses organes. Une telle exposition sud, c'était trop beau pour être vrai. Elle se demande si Angela vendra la maison, et quand elle le lui annoncera. Il faudra bien se rappeler pour partager la garde du profit. Il est tentant de fermer les yeux et de s'imaginer un autre avenir, mais elles vont vite et Haigle n'est pas femme à faire des folies.

LÉONIE

Peu désireuse de croiser des yeux humides, Léonie observe ses mains, crispées sur le volant. Elle n'est pas triste pour Haigle, mais elle ne lui en veut plus. Demeure un vague agacement de devoir partager une expérience aussi pure qu'une trahison ; être le dindon de la farce lui paraît encore plus humiliant s'il faut faire partie d'un lot.

Elle sent qu'elles vont trop vite, que c'est nécessaire. Une illusion d'optique crée des flaques sur l'autoroute, des taches imaginaires qui disparaissent sitôt qu'elles s'en approchent. Elle pense à Angela et quelque chose lui dit que Viviane va recommencer à lui tourner autour pendant un bout de temps. Que ça leur en donnera pour disparaître. Léonie accepte déjà l'ironie de la situation ; incapable de ne pas apprécier un beau coup de pute quand elle en voit un, question d'habitude. Elle se dit que tout va bien, elle veut emmener Eulalie au soleil, lui offrir de vraies vacances.

— On va où exactement ? T'as une idée ?

Haigle regarde les panneaux sur le côté, avec l'air de celle qui a déjà la réponse.

— L'Espagne. Si ça vous va, ça sera l'Espagne.

Léonie sourit, promet à Eulalie qu'elle va adorer le voyage. Elles se font dépasser par une voiture. À l'avant, une femme baraquée, impressionnante. Léonie jette un œil. Sourire de hyène. Elles se reconnaissent entre prédatrices. La crevette sur le siège d'à côté ne capte rien. Un peu trop vite, les inconnues filent en direction de Barcelone, peut-être vont-elles se recroiser.

Il reste dix euros à Léonie qu'elle a piqués dans l'entrée pour ses cigarettes. Quand elles s'arrêteront sur une aire d'autoroute, elles s'achèteront des bonbons, des sodas, de la bière. Ça ne suffira pas. Une pensée l'obsède, un numéro qu'elle connaît par cœur et qui lui trotte dans la tête.

— Je peux prendre ton portable ? J'ai un coup de fil à passer.

Haigle le lui tend de bonne grâce. Elle sait que parfois, alors que tout vient de s'effondrer, une pierre de l'édifice reste en place. Une pierre invisible jusque-là qui permettait au reste de tenir, et qui s'avère être la seule qui compte. Elle imagine que Léonie a su reconnaître la sienne, et qu'elle va pouvoir tirer quelque chose de ce bordel. Elle n'est pas jalouse, elle est plus jeune, elle a le temps. Si ça l'amuse, elle pourra même réessayer d'embrasser un garçon. Cette pensée la fait rire.

Léonie s'enfonce dans le siège. Eulalie regarde par la fenêtre, ne lui pose pas de question, peut-être qu'elle n'ose pas. Ça sonne dans le vide, puis une voix décroche, méfiante devant ce numéro inconnu.

— C'est moi, c'est Léonie.

ANGELA

DIMANCHE – TRÈS TÔT

Elle essuie le filet de sang sur son menton. Inutile, il se reforme direct. Tout grince au-dessus de son cou.

Le bruit de sa dernière rencontre a alerté la sécurité. Normal, elle se donnait comme une veille de fin du monde. Même le DJ avait éteint la sono pour en profiter. Les vigiles sont passés jeter un œil. Vers six heures du matin, plus personne à empêcher d'entrer, alors ils sont venus voir s'ils pouvaient pas en avoir un bout, eux aussi. Ils ont l'habitude avec elle, pas brutaux, ils prennent la température. Sans demander, parfois. Pas de soucis les gars, open bar. Open barre, et puis elle a chopé le gun. Ils ont fait une drôle de tête, ils ont vu aussi flou qu'elle. Pour leur couper l'envie de jamais venir lui redemander un service, elle a éclaté les lavabos. Un. Par. Un. Laissant bien planer l'idée que leurs crânes viendraient après. Fallait les voir appeler leurs mères, déchets au milieu des dégâts. Allez, rien de grave, calmez-vous les copains.

Y en a un qui veut jouer au héros, se jette sur elle et lui éclate la mâchoire. Pas de soucis, dent pour pied, il s'effondre comme une merde. Légitime défense, tu crois quoi. La flemme de leur expliquer. L'eau monte, c'est *Titanic.* Aucune chance qu'elle file son radeau à Rose, tranquille elle quitte le navire.

Le jour se lève, comme d'habitude. Elle boite sur le bord de route, se demandant quand son corps va la balancer dans le fossé. Angela a la tête basse, mais plus par fatigue que par honte. Elle retire sa veste gluante, la maintient à bonne distance de son corps. Le soleil lui redonne des forces. Elle dédie ses os brisés à toutes les connes qui ont croisé son chemin. Puissent-elles connaître le même sort.

LORE

DIMANCHE – APRÈS-MIDI

Elle range son uniforme impeccablement plié au fond d'un casier. Le manager l'attend à la sortie, un sourire crispé au coin des lèvres. On dirait qu'il va se mettre à pleurer, elle choisit de ne pas le remarquer. Ce qui nous arrive nous ressemble, et toute l'équipe regarde ailleurs pour ne pas la voir partir. Rien n'avait autant fait chavirer les cœurs chez McDonald's depuis le Red Chili. La petite de la cuisine, surtout, comprend que ça n'arrivera plus entre elles. Sa gueule d'Alien de seize ans décomposée la suit jusqu'à la porte. Lore la gratifie d'un sourire vide, déjà partie. Il est peu probable que quelque détail que ce soit de ces dernières semaines reste gravé dans sa mémoire.

Elle ferme sa valise, regarde autour d'elle. Il fait beau à Paris et le soleil donne un air de fête au studio. L'éternel rayon abîme la table basse, pour elle c'est la dernière fois. Les meubles qu'elle a tant ignorés se passeront bien d'elle, ils la poussent vers la porte. Lore attrape le livre sur les chevaux, le range dans son sac. Alors qu'elle quitte Châtelet pour l'aéroport, elle a un dernier regard pour l'enseigne verte dont elle connaît les moindres défauts. Elle se sent pleine de reconnaissance pour l'industrie agroalimentaire et la crise économique qui lui ont permis de rencontrer Léonie. Sans un mot jusqu'à l'atterrissage, elle s'imagine déjà construire de nouveaux châteaux en Espagne.

EULALIE

Elle observe la route et la route la regarde, elle aussi. Eulalie n'écoute pas ce qui se dit autour d'elle. Elle n'entend plus rien, elle en est incapable. La somme de toutes les douleurs qu'elle a si gentiment, et avec tant de douceur, gardées pour elle bourdonne entre ses tempes, l'isole. Les images remontent, toutes à la fois, trop fortes. Il y a eu avant, bien avant le départ. Le bruit, souvent, varié, blessant. Ils venaient chez elles et ils hurlaient, ils brisaient, jetaient des objets sur elle, la télécommande s'envole. Sa mère lui disait de ne pas écouter, comme s'il était possible de ne pas entendre, ça entre tout seul au fond de ses tympans, parfois si fort qu'elle n'entend plus rien après, aucun souvenir de certaines périodes, longues de plusieurs secondes. Hurlements nocturnes, soupirs, et les derniers mots de sa mère, dont elle ne se souvient plus, qui tournent en boucle dans sa tête.

La lettre, départ, adieu, à tout. Le vertige comme une main devant la bouche, à partir de maintenant, tu-te-tais. Pas prévenue que les chambres sont désormais éphémères. Chemin sans importance, seule compte l'arrivée. Grand moment de frites, oubli du reste. Tache rouge sur le doigt, fascinant. Beaucoup de mots inconnus. Les créatures qui devraient lui ressembler, mais qui l'effraient. Identification impossible, projection surréaliste. Fermer la porte trop lourde, espérer qu'elle revienne. Des heures à fixer les taches de lumière au plafond, pétrifiée. Confiance facile à déchirer comme le papier. Confiance qu'on porte ensuite sur son dos sans savoir quoi en faire. Taches vertes et paupières closes. Des femmes aussi hautes que des montagnes. Le manège sans fin et la fatigue encore. Léonie, la même tous les jours, jamais celle qu'on lui avait présentée. L'adulte vulnérable sur laquelle on ne peut s'appuyer sans se noyer. L'adulte faillible plus effrayante que le danger. Dans le conte, la maison de paille. Et les nuits à implorer qu'on la ramène, sans savoir où, mais à qui. Maman et son rouge à lèvres. Le rouge à lèvres qu'on ne trouvera plus maintenant. Ces moments dont on ne sait pas s'ils ont existé. Lore, le toit. Rire jusqu'à ce que le ventre brûle. Mouche attrapée au miel. Les images sur les pages imprimées au fil des heures. L'attente du retour, chute. Difficile de respirer. Le piège au milieu des routes. Le crissement de freins, bruit de métal et la peur qui coulait sur les murs. La nuit et le froid sur un ventre vide. Se taire pour ne pas décevoir. Léonie a été heureuse et ça n'avait pas de sens. La pomme. « Vous allez bientôt partir. » Pourquoi disait-elle ça ? L'eau chaude module les mots. Bulle de savon, odeur de vin. Et puis l'essence, la femme laide. Toutes les sensations s'amassent en un nuage compact, noir. Et puis, enfin, le vertige s'arrête.

Elle se met à hurler, de toutes ses forces.

REMERCIEMENTS

Pour avoir supporté mon intarissable comique de répétition, mais surtout pour avoir cru en cette histoire et ses personnages, je remercie Claire. Un milliard de fois.

Pour leur confiance et leur énergie, je remercie Stéphanie et Bénédicte.

Pour ses conseils et son intransigeance, merci Laurent.

Pour son enthousiasme indéfectible, immérité et indispensable, merci à mon acolyte, Caroline.

Pour m'avoir toujours maintenue nourrie, abreuvée et aimée : maman, Madeleine, Manon et Adèle.

Enfin, à ceux et celles qui ont lu des versions antérieures du livre, merci d'avoir gardé votre opinion pour vous.

DE LA MÊME AUTRICE

Aux Éditions NiL

J'AI DES IDÉES POUR DÉTRUIRE TON EGO, 2019
(Folio nº 7019)

ET APRÈS LES GENS MEURENT, 2022

COLLECTION FOLIO

Dernières parutions

6761.	Mathieu Riboulet	*Le corps des anges*
6762.	Simone de Beauvoir	*Pyrrhus et Cinéas*
6763.	Dōgen	*La présence au monde*
6764.	Virginia Woolf	*Un lieu à soi*
6765.	Benoît Duteurtre	*En marche !*
6766.	François Bégaudeau	*En guerre*
6767.	Anne-Laure Bondoux	*L'aube sera grandiose*
6768.	Didier Daeninckx	*Artana ! Artana !*
6769.	Jachy Durand	*Les recettes de la vie*
6770.	Laura Kasischke	*En un monde parfait*
6771.	Maylis de Kerangal	*Un monde à portée de main*
6772.	Nathalie Kuperman	*Je suis le genre de fille*
6773.	Jean-Marie Laclavetine	*Une amie de la famille*
6774.	Alice McDermott	*La neuvième heure*
6775.	Ota Pavel	*Comment j'ai rencontré les poissons*
6776.	Ryoko Sekiguchi	*Nagori. La nostalgie de la saison qui vient de nous quitter*
6777.	Philippe Sollers	*Le Nouveau*
6778.	Annie Ernaux	*Hôtel Casanova* et autres textes brefs
6779.	Victor Hugo	*Les Fleurs*
6780.	Collectif	*Notre-Dame des écrivains. Raconter et rêver la cathédrale du Moyen Âge à demain*
6781.	Carole Fives	*Tenir jusqu'à l'aube*
6782.	Esi Edugyan	*Washington Black*
6784.	Emmanuelle Bayamack-Tam	*Arcadie*
6785.	Pierre Guyotat	*Idiotie*
6786.	François Garde	*Marcher à Kerguelen.*

6787. Cédric Gras — *Saisons du voyage.*

6788. Paolo Rumiz — *La légende des montagnes qui naviguent.*

6789. Jean-Paul Kauffmann — *Venise à double tour*

6790. Kim Leine — *Les prophètes du fjord de l'Éternité*

6791. Jean-Christophe Rufin — *Les sept mariages d'Edgar et Ludmilla*

6792. Boualem Sansal — *Le train d'Erlingen ou La métamorphose de Dieu*

6793. Lou Andreas-Salomé — *Ce qui découle du fait que ce n'est pas la femme qui a tué le père* et autres textes psychanalytiques

6794. Sénèque — *De la vie heureuse* précédé de *De la brièveté de la vie*

6795. Famille Brontë — *Lettres choisies*

6796. Stéphanie Bodet — *À la verticale de soi*

6797. Guy de Maupassant — *Les Dimanches d'un bourgeois de Paris* et autres nouvelles

6798. Chimamanda Ngozi Adichie — *Nous sommes tous des féministes* suivi du *Danger de l'histoire unique*

6799. Antoine Bello — *Scherbius (et moi)*

6800. David Foenkinos — *Deux sœurs*

6801. Sophie Chauveau — *Picasso, le Minotaure. 1881-1973*

6802. Abubakar Adam Ibrahim — *La saison des fleurs de flamme*

6803. Pierre Jourde — *Le voyage du canapé-lit*

6804. Karl Ove Knausgaard — *Comme il pleut sur la ville. Mon combat - Livre V*

6805. Sarah Marty — *Soixante jours*

6806. Guillaume Meurice — *Cosme*

6807. Mona Ozouf — *L'autre George. À la rencontre de l'autre George Eliot*

6808. Laurine Roux — *Une immense sensation de calme*

6809. Roberto Saviano — *Piranhas*
6810. Roberto Saviano — *Baiser féroce*
6811. Patti Smith — *Dévotion*
6812. Ray Bradbury — *La fusée* et autres nouvelles
6813. Albert Cossery — *Les affamés ne rêvent que de pain*
6814. Georges Rodenbach — *Bruges-la-Morte*
6815. Margaret Mitchell — *Autant en emporte le vent I*
6816. Margaret Mitchell — *Autant en emporte le vent II*
6817. George Eliot — *Felix Holt, le radical.* À paraître
6818. Goethe — *Les Années de voyage de Wilhelm Meister*
6819. Meryem Alaoui — *La vérité sort de la bouche du cheval*
6820. Unamuno — *Contes*
6821. Leïla Bouherrafa — *La dédicace.*
6822. Philippe Djian — *Les inéquitables*
6823. Carlos Fuentes — *La frontière de verre.* Roman en neuf récits
6824. Carlos Fuentes — *Les années avec Laura Díaz.* Nouvelle édition augmentée
6825. Paula Jacques — *Plutôt la fin du monde qu'une écorchure à mon doigt.*
6826. Pascal Quignard — *L'enfant d'Ingolstadt. Dernier royaume X*
6827. Raphaël Rupert — *Anatomie de l'amant de ma femme*
6828. Bernhard Schlink — *Olga*
6829. Marie Sizun — *Les sœurs aux yeux bleus*
6830. Graham Swift — *De l'Angleterre et des Anglais*
6831. Alexandre Dumas — *Le Comte de Monte-Cristo*
6832. Villon — *Œuvres complètes*
6833. Vénus Khoury-Ghata — *Marina Tsvétaïéva, mourir à Elabouga*
6834. Élisa Shua Dusapin — *Les billes du Pachinko*
6835. Yannick Haenel — *La solitude Caravage*

6836.	Alexis Jenni	*Féroces infirmes*
6837.	Isabelle Mayault	*Une longue nuit mexicaine*
6838.	Scholastique Mukasonga	*Un si beau diplôme !*
6839.	Jean d'Ormesson	*Et moi, je vis toujours*
6840.	Orhan Pamuk	*La femme aux cheveux roux*
6841.	Joseph Ponthus	*À la ligne. Feuillets d'usine*
6842.	Ron Rash	*Un silence brutal*
6843.	Ron Rash	*Serena*
6844.	Bénédicte Belpois	*Suiza*
6845.	Erri De Luca	*Le tour de l'oie*
6846.	Arthur H	*Fugues*
6847.	Francesca Melandri	*Tous, sauf moi*
6848.	Eshkol Nevo	*Trois étages*
6849.	Daniel Pennac	*Mon frère*
6850.	Maria Pourchet	*Les impatients*
6851.	Atiq Rahimi	*Les porteurs d'eau*
6852.	Jean Rolin	*Crac*
6853.	Dai Sijie	*L'Évangile selon Yong Sheng*
6854.	Sawako Ariyoshi	*Le crépuscule de Shigezo*
6855.	Alexandre Dumas	*Les Compagnons de Jéhu*
6856.	Bertrand Belin	*Grands carnivores*
6857.	Christian Bobin	*La nuit du cœur*
6858.	Dave Eggers	*Les héros de la Frontière*
6859.	Dave Eggers	*Le Capitaine et la Gloire*
6860.	Emmanuelle Lambert	*Giono, furioso*
6861.	Danièle Sallenave	*L'églantine et le muguet*
6862.	Martin Winckler	*L'École des soignantes*
6863.	Zéno Bianu	*Petit éloge du bleu*
6864.	Collectif	*Anthologie de la littérature grecque. De Troie à Byzance*
6865.	Italo Calvino	*Monsieur Palomar*
6866.	Auguste de Villiers de l'Isle-Adam	*Histoires insolites*
6867.	Tahar Ben Jelloun	*L'insomniaque*
6868.	Dominique Bona	*Mes vies secrètes*
6869.	Arnaud Cathrine	*J'entends des regards que vous croyez muets*
6870.	Élisabeth Filhol	*Doggerland*

6871.	Lisa Halliday	*Asymétrie*
6872.	Bruno Le Maire	*Paul. Une amitié*
6873.	Nathalie Léger	*La robe blanche*
6874.	Gilles Leroy	*Le diable emporte le fils rebelle*
6875.	Jacques Ferrandez / Jean Giono	*Le chant du monde*
6876.	Kazuo Ishiguro	*2 nouvelles musicales*
6877.	Collectif	*Fioretti. Légendes de saint François d'Assise*
6878.	Herta Müller	*La convocation*
6879.	Giosuè Calaciura	*Borgo Vecchio*
6880.	Marc Dugain	*Intérieur jour*
6881.	Marc Dugain	*Transparence*
6882.	Elena Ferrante	*Frantumaglia. L'écriture et ma vie*
6883.	Lilia Hassaine	*L'œil du paon*
6884.	Jon McGregor	*Réservoir 13*
6885.	Caroline Lamarche	*Nous sommes à la lisière*
6886.	Isabelle Sorente	*Le complexe de la sorcière*
6887.	Karine Tuil	*Les choses humaines*
6888.	Ovide	*Pénélope à Ulysse* et autres lettres d'amour de grandes héroïnes antiques
6889.	Louis Pergaud	*La tragique aventure de Goupil* et autres contes animaliers
6890.	Rainer Maria Rilke	*Notes sur la mélodie des choses* et autres textes
6891.	George Orwell	*Mil neuf cent quatre-vingt-quatre*
6892.	Jacques Casanova	*Histoire de ma vie*
6893.	Santiago H. Amigorena	*Le ghetto intérieur*
6894.	Dominique Barbéris	*Un dimanche à Ville-d'Avray*
6895.	Alessandro Baricco	*The Game*
6896.	Joffrine Donnadieu	*Une histoire de France*
6897.	Marie Nimier	*Les confidences*
6898.	Sylvain Ouillon	*Les jours*
6899.	Ludmila Oulitskaïa	*Médée et ses enfants*
6900.	Antoine Wauters	*Pense aux pierres sous tes pas*

6901. Franz-Olivier Giesbert — *Le schmock*
6902. Élisée Reclus — *La source* et autres histoires d'un ruisseau
6903. Simone Weil — *Étude pour une déclaration des obligations envers l'être humain* et autres textes
6904. Aurélien Bellanger — *Le continent de la douceur*
6905. Jean-Philippe Blondel — *La grande escapade*
6906. Astrid Éliard — *La dernière fois que j'ai vu Adèle*
6907. Lian Hearn — *Shikanoko, livres I et II*
6908. Lian Hearn — *Shikanoko, livres III et IV*
6909. Roy Jacobsen — *Mer blanche*
6910. Luc Lang — *La tentation*
6911. Jean-Baptiste Naudet — *La blessure*
6912. Erik Orsenna — *Briser en nous la mer gelée*
6913. Sylvain Prudhomme — *Par les routes*
6914. Vincent Raynaud — *Au tournant de la nuit*
6915. Kazuki Sakuraba — *La légende des filles rouges*
6916. Philippe Sollers — *Désir*
6917. Charles Baudelaire — *De l'essence du rire* et autres textes
6918. Marguerite Duras — *Madame Dodin*
6919. Madame de Genlis — *Mademoiselle de Clermont*
6920. Collectif — *La Commune des écrivains. Paris, 1871 : vivre et écrire l'insurrection*
6921. Jonathan Coe — *Le cœur de l'Angleterre*
6922. Yoann Barbereau — *Dans les geôles de Sibérie*
6923. Raphaël Confiant — *Grand café Martinique*
6924. Jérôme Garcin — *Le dernier hiver du Cid*
6925. Arnaud de La Grange — *Le huitième soir*
6926. Javier Marías — *Berta Isla*
6927. Fiona Mozley — *Elmet*
6928. Philip Pullman — *La Belle Sauvage. La trilogie de la Poussière, I*
6929. Jean-Christophe Rufin — *Les trois femmes du Consul. Les énigmes d'Aurel le Consul*

6930. Collectif — *Haikus de printemps et d'été*
6931. Épicure — *Lettre à Ménécée* et autres textes
6932. Marcel Proust — *Le Mystérieux Correspondant* et autres nouvelles retrouvées
6933. Nelly Alard — *La vie que tu t'étais imaginée*
6934. Sophie Chauveau — *La fabrique des pervers*
6935. Cecil Scott Forester — *L'heureux retour*
6936. Cecil Scott Forester — *Un vaisseau de ligne*
6937. Cecil Scott Forester — *Pavillon haut*
6938. Pam Jenoff — *La parade des enfants perdus*
6939. Maylis de Kerangal — *Ni fleurs ni couronnes* suivi de *Sous la cendre*
6940. Michèle Lesbre — *Rendez-vous à Parme*
6941. Akira Mizubayashi — *Âme brisée*
6942. Arto Paasilinna — *Adam & Eve*
6943. Leïla Slimani — *Le pays des autres*
6944. Zadie Smith — *Indices*
6945. Cesare Pavese — *La plage*
6946. Rabindranath Tagore — *À quatre voix*
6947. Jean de La Fontaine — *Les Amours de Psyché et de Cupidon* précédé d'*Adonis* et du *Songe de Vaux*
6948. Bartabas — *D'un cheval l'autre*
6949. Tonino Benacquista — *Toutes les histoires d'amour ont été racontées, sauf une*
6950. François Cavanna — *Crève, Ducon !*
6951. René Frégni — *Dernier arrêt avant l'automne*
6952. Violaine Huisman — *Rose désert*
6953. Alexandre Labruffe — *Chroniques d'une station-service*
6954. Franck Maubert — *Avec Bacon*
6955. Claire Messud — *Avant le bouleversement du monde*
6956. Olivier Rolin — *Extérieur monde*
6957. Karina Sainz Borgo — *La fille de l'Espagnole*
6958. Julie Wolkenstein — *Et toujours en été*
6959. James Fenimore Cooper — *Le Corsaire Rouge*

Composition : IGS-CP à L'Isle-d'Espagnac (16)
Impression Maury Imprimeur
45330 Malesherbes
le 25 octobre 2021
Dépôt légal : novembre 2021
Numéro d'imprimeur : 258485

ISBN 978-2-07-288730-7 / Imprimé en France.

363918